中国梦·红色经典电影阅读

南海长城

张照富 改编

中华工商联合出版社

图书在版编目（CIP）数据

南海长城 / 张照富，严铠改编 . —北京：中华工
商联合出版社，2013.7

ISBN 978-7-5158-0618-1

Ⅰ.①南… Ⅱ.①张…②严… Ⅲ.①中篇小说—中
国—当代 Ⅳ.①I247.5

中国版本图书馆 CIP 数据核字（2013）第 157924 号

南海长城

改　　编：	张照富　严　铠	
策　　划：	徐　潜	
责任编辑：	魏鸿鸣　臧赞杰	
封面设计：	赵献龙	
责任审读：	郭敬梅	
责任印制：	迈致红	
出版发行：	中华工商联合出版社有限责任公司	
印　　刷：	天津海德伟业印务有限公司	
版　　次：	2014 年 3 月第 1 版	
印　　次：	2018 年 4 月第 2 次印刷	
开　　本：	710mm×1000mm　1/16	
字　　数：	220 千字	
印　　张：	15	
书　　号：	ISBN 978-7-5158-0618-1	
定　　价：	29.80 元	

服务热线：010—58301130	工商联版图书
销售热线：010—58302813	版权所有　侵权必究
地址邮编：北京市西城区西环广场 A 座	
19—20 层，100044	
http：//www.chgslcbs.cn	凡本社图书出现印装质量问
E-mail：cicap1202@sina.com（营销中心）	题，请与印务部联系。
E-mail：gslzbs@sina.com（总编室）	联系电话：010—58302915

编委会

主　　编：赵　刚
副 主 编：堵　军
总 顾 问：赵　刚
文字统筹：严　铠
编　　委：张照富　李洪伟　曹英甫　顾清亮
　　　　　李　岩　赵献龙　赵　惠　王　跃
　　　　　丁传刚

演职员表

原　著：赵　寰
导　演：李　俊　郝　光
改　编：梁　信　董晓华
摄　影：张冬凉　殷乔芳
美　工：寇洪烈　刘竟生
作　曲：傅庚辰　吴汉标
指　挥：姚关荣　陈佐湟
独　唱：李谷一

区英才 ………………………………… 王心刚
甜　女 ………………………………… 刘晓庆
钟阿婆 ………………………………… 石　韧
赤卫伯 ………………………………… 李廷秀
江书记 ………………………………… 赵汝平
阿　螺 ………………………………… 陈祖荣
靓　仔 ………………………………… 霍德集
王中王 ………………………………… 王效忠

剧情说明

　　故事发生在 1962 年的国庆前夕。在南海碧蓝的海面上，"南港三号"满载从远海捕获的海产品行驶在回港的途中。机警的大南港民兵连长区英才却在"三杯酒"岛礁附近发现了一艘可疑的船只——伪装成渔船的"万利 N6699"。

　　回到大南港以后，区英才他们把情况迅速向联防指挥部的江书记作了汇报。江书记非常重视，民兵们更是组织了严密的巡逻。区英才和甜女他们很快有了收获，抓到了化装成我军战士的敌特"09"。经审讯，"09"供出"海鲨特遣队"企图在东港湾的登陆计划，并供出负责指挥的司令何从、副司令王中王。区英才把情况向江书记作了汇报，并递交了民兵连的"请战书"。

　　此刻，潜藏在岛上的敌人卫太利，却在拉拢民兵靓仔。在卫太利以给靓仔提亲为借口，不断拉拢靓仔。警惕性不高的靓仔，在酒醉后无意地向他泄露了我们的军事计划。卫太利得到情报后，迅速逃到特务船上，使得我们的计划被打破了。

　　区英才为了提高靓仔的阶级觉悟，帮助他回忆在旧社会受王中王压迫之苦，使其清醒过来，认清了卫太利这个敌人。靓仔幡然悔悟，主动向区英才讲出卫太利的一些情况。

何从和王中王他们得到我方军事计划后，改变了原登陆方案，转向我金星岛。几个敌人化装成我地方干部来到钟阿婆家骗船登陆，阿婆的女儿阿螺未识破敌人的伪装，险些上当。阿婆看穿了敌人的阴谋，暗示阿螺去报信，但被敌人拦住，母女俩便与敌人展开了面对面的斗争。

正在危机时刻，区英才率民兵登上金星岛，营救了阿螺母女，俘虏一批敌人，抓获了负责电台的兰继之。靓仔也抓住了卫太利。王中王和匪司令跳海逃到一个叫"三杯酒"的小岛上，区英才只身追到"三杯酒"，舌战匪司令，迫使他下令调兵前来就范。当敌兵来到"三杯酒"时，我众民兵赶到，一举消灭了来犯之敌，处决了王中王。

序

曾经，拾起过草地上被吹落的发黄的银杏叶，夹在了日记里，再打开时，记住了那个秋天里青春的憧憬；

曾经，哼起过电台里被播放的欢快的流行曲，抄在了笔记上，再打开时，记住了那段岁月里相伴的愉悦；

曾经，流连过影院里被放映的精彩的故事片，存在了脑海中，再打开时，记住了那些回味里温暖的片段；

我们的曾经，是记忆的积累，留不住岁月，却留住了记忆。翻开日记时，银杏的纹络依然清晰，打开笔记时，歌词的墨迹仍然青涩。那些往事都留住了，只是在某个时刻，突然想起了那部电影，多少却有些浅忘，因为我们的笔记本里承载不了那么多的信息，只能记在脑海里，在岁月的洗涤中淡却了一些章节。

我们一直致力于电影连环画在读者中的普及，十年间制作了数百本电影连环画，发行量近百万册，在读者中建立了良好的口碑并取得了积极的社会效应。今天，我们将那些存在我们记忆深处的经典电影以图文版的形式制作成册，让我们重新回味那脍炙人口的故事，再度拾起从前那观看电影的快乐时光。

抬一把凳子，再也找不到露天电影；下一段视频，却没有充裕的时间观看；那么，就躺在床上，翻开这一本本图文本，将故事延续到梦里——记得那时年少，记得那时年轻，记得那时……

　　枕边，这一册册的电影图文本，还有一摞摞的日记和笔记本，都是我们记忆中的音符，目光触及时，在心里流淌成歌，相伴过的曾经，把美好的记忆延续到永远。

赵刚

2014 年 3 月 6 日

目　录

第一章

民兵们发现敌船

1962年，国庆节的前一天。广阔的南海碧波万顷。碧蓝碧蓝的海面，像一匹抖动不止的蓝缎子。一艘渔船扬着白帆前进。这是大南港的"南港三号"满载从远海捕获的海产品行驶在回港的途中。整个抖动不止的一眼望不到边的海面上，就只有这一艘船。

☆1962年，国庆节的前一天。广阔的南海碧波万顷。碧蓝碧蓝的海面，像一匹抖动不止的蓝缎子。一艘渔船扬着白帆前进。这是大南港的"南港三号"满载从远海捕获的海产品行驶在回港的途中。

　　穿着背心，戴着草帽，浓眉大眼的迎风屹立在船头的年轻人就是大南港民兵连连长区英才。他看上去三十岁左右，只见他一双大眼不停地眺望着前方，目不转睛地注视着的海面上的情况，忽然前面海面上好像有个什么东四在翻腾着，区连长像是发现了什么。

☆大南港民兵连连长区英才迎风屹立在船头。他望着前方的海面，忽然发现了什么。

海水看上去翻腾得相当厉害，忽而上忽而下，时而上升，时而下沉。一条大鲨鱼在海面上迅速地游来游去，它忽而沉入水底，忽而飞跃前进，双鳍猛烈地打着波浪……区英才连长看到了，也看清楚了，他脸上一直严肃的表情此时有了微妙的变化，脸上慢慢地有了点笑容，那是看到了那条大鲨鱼的喜悦吧。

只见区英才确定了自己的目标之后，毫不犹豫，弯下身子，伸手一把抓起甲板上的鱼镖，举起来侧身向凶猛的鲨鱼狠狠地一投——鲨鱼中镖！接着他又连投出第二支、第三支鱼镖，镖镖投中！那条大鲨鱼最终没有逃出区连长

☆翻腾的海水。一条大鲨鱼在海面上迅速地游来游去，它忽而沉入水底，忽而飞跃前进，双鳍猛烈地打着波浪……

☆区英才抓起甲板上的鱼镖，举起来侧身向凶猛的鲨鱼狠狠地一投——鲨鱼中镖！他又接连投出第二支、第三支鱼镖，镖镖投中！

的鱼镖，在接二连三的鱼镖的猛扎下，终于游不动了，不得不停了下来。

鲨鱼被拉上了渔船，只见那鱼镖还在鲨鱼的肚子上扎着。这时舱面上堆满了大大小小的鲨鱼。这些鲨鱼都是他们这次出海的戚果。民兵排长甜女看到舱面上这放着的大大小小的鲨鱼，心情非常好，只见她嘴里哼着欢快的歌曲，高兴地拔下一支又一支鱼镖扔在舱面上。

☆鲨鱼被拉上渔船，舱面上堆满了大大小小的鲨鱼。民兵排长甜女高兴地拔下一支又一支鱼镖扔在舱面上。

正在鲨鱼上拔着鱼镖的甜女，刚拔掉了一个，扔在了舱面上，她高兴地抬头看着，一转身，发现了站在船头的区英才连长正在拿着望远镜看着什么。只见区英才仍旧站在船头，用望远镜观察远方。甜女觉得好奇，不知道区英才连长在看什么，只见甜女放下手里的正要拔掉的鱼镖，一蹦一跳地走到区英才身旁，看着远方叫了声："英才哥。"看着区英才朝着前面看着，甜女叫完他转身看着前面，问

☆区英才仍旧站在船头，用望远镜观察远方。甜女走到区英才身旁，看着远方问："英才哥，发现什么了？"区英才把望远镜递给甜女："你看，当中那条船，反常！"

☆甜女通过望远镜看到远方渔船中有一艘船，轻飘飘地停在海上。甜女说："嗯！是反常！"区英才说："它不撒网，不打鱼，吃水很浅……"

道："发现什么了？"区英才把望远镜放下来，看着甜女一脸严肃地说道："你看，当中那条船，反常！"

说着将手里的望远镜递给了甜女，甜女接过区英才连长递过来的望远镜，开始举起来观察区英才说的情况。只见甜女通过望远镜看到远方有三艘渔船，发现其中有一艘船，情况和其他的两艘船有点不一样，只见那艘渔船轻飘飘地停在海上。甜女仔细地观察了一下，放下望远镜，眼睛依旧看着远方的那艘船，皱着眉头说道："嗯！是反常！"区英才也一直在盯着远处的那艘船，听了甜女说的情况后，又补充说道："它不撒网，不打鱼，吃水很浅……"听了区英才连长的分析后，甜女想了一会儿，转身看着区英才，认真地说道："证明他的船里面没有鱼。"区英才对甜女的分析很是满意，他大声地说道："对！"这时候，其他民兵也看到了区连长和甜女在说着什么，都放下了手里的活，来到了他们俩的身边。

区英才从甜女的手里，拿过来望远镜举在手里，面带微笑地说道："看来，我们明天过国庆，敌人他心里难受啊！"其他民兵也都围拢过来，警觉地望着那艘船。甜女看了看远处的那艘船，想出了一个主意，看着区连长大声地说道："哎，咱靠上去，摸摸它的底！"区连长觉得事情不是甜女想象得那么简单，听了甜女的话，他连忙打断了甜女的话，说道："可没那么容易，我观察过了，它速度快，见船就躲，根本不让你靠近。"甜女和其他民兵听了区连长的分析后，连忙问道："那怎么办？"只见这时区英才走上前，仔细地看着前方那艘船，指着远处说道："你们看啊，前面不远处就是'三杯酒'。"大家都顺着区英才手指的方向看去，这时区英才通过自己刚才的分析，做出决定，只听他大声地说道："我们利用'三杯酒'的礁石做掩护，突然闯过去，来它个前沿侦察！"民兵们听了区英才的决定，

觉得很有道理，都看着区英才，异口同声地说道："好！"

☆区英才说："看来，我们明天过国庆，敌人他心里难受啊！"其他民兵也都围拢过来，警觉地望着那艘船。甜女说："哎，咱靠上去，摸摸它的底！""没那么容易，我观察过了，它速度快，见船就躲，根本不让你靠近。"区英才又上前仔细观察，做出决定，"我们利用'三杯酒'的礁石做掩护，突然闯过去，来它个前沿侦察！"

听了民兵们表完态后，甜女看着区英才，急切地请战："连长，我掌舵！"几个男民兵异口同声地发出疑问："你？"现在这里所有的民兵中女民兵并不多，见甜女那么大胆地向区英才提出了请求，几个男民兵确实会有意见的。甜女见男民兵对自己的提议有意见，转身看着其中的一个男民兵，不服气地说道："怎么？瞧不起我？"说着把头甩在了一边，这时所有的男民兵听着甜女说完话，都呵呵地笑了起来。这时区英才看着甜女，很严肃地讲道："甜女，你听说过没有？三杯酒，三杯酒，逆水三千丈，险滩九百九，刀山落南海，鬼见了都犯愁哇！"

☆甜女急切地请战："连长，我掌舵！"几个男民兵异口同声地发出疑问："你?"甜女不服气地说："怎么？瞧不起我?"区英才很严肃地讲："甜女，你听说过没有？三杯酒，三杯酒，逆水三千丈，险滩九百九，刀山落南海，鬼见了都犯愁哇！"

☆甜女理直气壮地说："这是旧社会的咸水歌，我们是新社会锻炼出来的南海民兵！"区英才说："好！我就等你这句话呢！"他转身向大家说，"我们南海民兵就是要熟悉这儿的每一个水域每一块礁石，做到进退自如，打得敌人蒙头转向！"

甜女并没有被区英才的这番话所吓倒，只见她听区英才说完后，毫不畏惧，依然理直气壮地说道："这是旧社会的咸水歌，可我们是新社会锻炼出来的南海民兵！"说着还握起了拳头，举了起来，区英才看着甜女那勇敢无畏的样子，肯定地说道："好！我就等你这句话呢！"说完哈哈大笑了起来。随后他转身向大家说道："同志们，我们南海民兵就是一定要熟悉这儿的每一个水域和每一块礁石，做到进退自如，碰到了敌人，才好打得敌人蒙头转向！"大家听了区英才的话，都大声地喊道："对！"

　　区英才看着大家都斗志昂扬的样子，大声地命令道："马上准备！"大家都大声地回答道："好！"大家都回到了自己岗位上，认真地准备着。区英才发令后又来到报务舱，他叫道："小李！"报务员看区连长来了，赶紧迎了过来，

☆"马上准备！"区英才发令后又来到报务舱，给报务员下达指令："小李！给军民联防指挥部发报：南港三号发现可疑渔船，现正通过'三杯酒'前去侦察！"

这时区连长岸报务员下达指令："小李！给军民联防指挥部发报：南港三号发现可疑渔船，现正通过'三杯酒'前去侦察！"小李回答道："好！"

☆甜女领受了任务，心中又有些忐忑，急步跑上来对区英才恳切地说："英才哥，看我脑门一冒汗，可要帮一把！"区英才笑了笑，下令说："换船，向'三杯酒'前进！"甜女大声答道："是！"

　　甜女领受了任务，心中又有些忐忑，她看见区英才朝着报务舱来了　见四下里没有别人，她就急步跑上来。这时区英才刚刚给报务员小李下达完指令，转身碰到了来找自己的甜女。只见甜女对区英才恳切地说道："英才哥，看我脑门一冒汗，可要帮一把！"区英才笑了笑，下令说："换船，向'三杯酒'前进！"甜女看区英才看着自己笑的样子，知道他肯定会帮自己的，心里自然就十分高兴了，只见她听了区英才的命令后，微笑着大声地答道："是！"

　　三杯酒刀林剑丛般的礁石被翻腾的海水包围着，十分险恶。一堆杂乱无章的巨石，似连绵不断的尖峰，又似纷繁的珊瑚窟。区英才、甜女他们驾着小船勇敢地驶进这处

☆三杯酒。刀林剑丛般的礁石被翻腾的海水包围着，十分险恶。一堆杂乱无章的巨石，似连绵不断的尖峰，又似纷繁的珊瑚窟。区英才、甜女他们驾着小船勇敢地驶进这处险境。

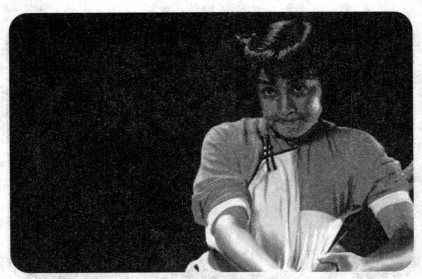

☆甜女聚精会神地掌着舵，乌黑的礁石从小船两侧向后退去。突然发现，船头正向一块巨礁冲去——说时迟那时快，区英才伸手用力一搬舵柄，船头恰恰从巨礁旁擦过。正在紧张把舵的甜女，抹了一下汗。

☆区英才全神贯注地望着前方。礁石群的出口迎面而来。区英才举起望远镜观察。——…

☆一艘写着"万利 N 6699"的伪装渔船全都装进望远镜中。

险境。

　　甜女聚精会神地掌着舵，乌黑的礁石从小船两侧向后退去。突然发现，船头正向一块巨礁冲去——说时迟那时快，区英才伸手用力一搬舵柄，船头恰恰从巨礁旁擦过。正在紧张把舵的甜女，抹了一下汗。

　　区英才全神贯注地望着前方。礁石群的出口迎面而来。区英才举起望远镜观察……

　　一艘写着"万利 N6699"的伪装渔船全都装进望远镜中。

第二章 『南港三号』归来

甜女接过区英才递过来的望远镜，举起来仔细地看了看后，说道："嗯，还真是条吃人的鲨鱼！"一个眼尖的男民兵站在区英才的后面，也在朝着前面看着，看了后大声地喊道："跑啦！"区英才看了看后，信心十足地说道："它跑了今天，跑不了明天！"随后区英才对着大家沉着地宣布："返航！咱们回家过节！"

　　大南港码头上桅杆林立，张灯结彩，繁忙热闹。在新

☆甜女接过望远镜看了看说："嗯，还真是条吃人的鲨鱼！"一个眼尖的男民兵喊道："跑啦！""它跑了今天，跑不了明天！"区英才沉着地宣布，"返航！咱们回家过节！"

建的渔港小码头，"国庆"两个大字挂在彩门楼上。大红的
五星红旗挂在两边，迎风招展，还挂着两个硕大的红绣球，
左右两边分别写着："中华人民共和国万岁！伟大领袖毛主
席万岁！"好一派喜气洋洋的节日气氛！卸鱼的、拉车的和
欢迎渔船返航的男女老少来来往往，一派丰收的节日景象。
夕阳西下的时候，小渔港的节日灯火亮了。小渔港码头的
四周飘荡着好听的渔歌："海蓝蓝，蓝蓝的大海金光闪；金
鳞银翅鱼舱满．喜唱丰收万家欢；一盏明灯北京点，照亮
咱四海打鱼船！"节日的欢快挂在了每一个人的脸上，大街
上回荡着男女老少的欢笑声。

☆大南港码头上桅杆林立，张灯结彩，繁忙热闹。"国庆"两个大字挂在彩
门楼上。卸鱼的、拉车的和欢迎渔船返航的男女老少来来往往，一派丰
收的节日景象。

  钟阿婆手拿斗笠向前张望着走来。过往的人群中有人
认识钟阿婆，和钟阿婆热情地打着招呼："钟阿婆！"钟阿
婆热情地答应道："嗳！"她站在人群中，把手里的斗笠举
起来，看着远方，她看到了南港三号，脸上露出了笑脸，

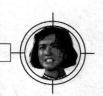

这时不远处传来女儿阿螺的喊声："阿妈——"阿螺背着孩子，穿过热闹的人群走到钟阿婆身边问："阿妈，南港三号回来了吗?"钟阿婆笑着指向前方，对女儿阿螺说道："你看!"

☆钟阿婆手拿斗笠向前张望着走来。不远处传来女儿阿螺的喊声："阿妈——"阿螺背着孩子，穿过热闹的人群走到钟阿婆身边问："阿妈，南港三号回来了吗?"钟阿婆笑着指向前方："你看!"

"南港三号"从浩瀚的蓝宝石似的海面上驶来。船上的人们欢腾跳跃，个个喜笑颜开。区英才手持缆绳深情地望着岸上的亲人，他看到妻子阿螺在岸上举着孩子兴奋地喊着："小兵! 小兵! 爸爸回来了!"区英才也看到了钟阿婆，告诉甜女："阿妈!"甜女高兴地冲着岸上喊："阿妈! 姐姐! 哎——"

区英才熟练地抛出缆绳，赤卫伯在岸上接过缆绳，这时一个年轻人拿着篮子来到赤卫伯的跟前，说道："赤卫伯，我来!"赤卫伯没有让年轻人帮忙，只见他高兴地对身边的年轻人招呼着："都快上船去吧! 鱼都堆满了! 快!"

☆"南港三号"从浩瀚的蓝宝石似的海面上驶来。船上的人们欢腾跳跃，个个喜笑颜开。区英才手持缆绳深情地望着岸上的亲人，他看到妻子阿螺在岸上举着孩子兴奋地喊着："小兵！小兵！爸爸回来了！"区英才也看到了钟阿婆，告诉甜女："阿妈！"甜女高兴地冲着岸上喊："阿妈！姐姐！哎——"

　　年轻人听了赤卫伯的话，拿起篮子朝着南港三号跑过去了。"南港三号"靠岸了，码头上响起了大锣鼓声，码头上，民兵连连长区英才正在带头卸着鲨鱼，唱着号子。其中有人看着大鲨鱼说道："这么大的一条鲨鱼！看它的样儿，好吓人哪！"区英才抬头看了看那儿，说道："嗯，山中的老虎，海里的鲨嘛！"那人看着鲨鱼又说道："这家伙好厉害呀！"区英才说道："再厉害它还能厉害过我们渔家去？"

　　钟阿婆和阿螺站在岸上，一直高兴地看着南港三号。这时阿螺把孩子递给钟阿婆抱着，高兴地说道："阿妈，我帮他们卸鱼去！"钟阿婆点点头，答应道："好！"说着伸手从阿螺的手里把孩子接了过来。她挽起袖子，也过来

☆区英才熟练地抛出缆绳，赤卫伯在岸上接过缆绳，高兴地对身边
　的年轻人招呼着："都快上船去吧！鱼都堆满了！快！"

☆阿螺把孩子递给钟阿婆抱着，也过来帮区英才、甜女她们卸鱼。
　一筐筐的鲜鱼放到手推车上，然后被推走。

帮区英才、甜女他们卸鱼。一筐筐的鲜鱼放到手推车上，甜女肩上扛了一筐鱼，也放在了手推车上，然后被推走。站在岸上的孩子们看到一个大鲨鱼被绳子吊着慢慢地落在了小推车上，孩子们高兴得一个个拍着小手，蹦着大喊道："大鲨鱼，下来了！大鲨鱼，下来了！"这时还有孩子看着大鲨鱼 用手指着大鲨鱼瞄准了射击道："啪啪啪！"赤卫伯看着孩子们高兴的样子，自己的心里也十分高兴，等大鲨鱼放好了，他大笑着看着孩子们。大鲨鱼被小推车拉走了，孩子们看着这个这么大的大鲨鱼，跑着跟在小推车的后面。

　　码头上一片繁忙欢乐的景象。赤卫伯和钟阿婆望着无限感慨。赤卫伯看着孩子们跟在大鲨鱼后面跑着，看了看钟阿婆说道："上了年纪了，一看到这儿，又想起旧社会来

☆码头上一片繁忙欢乐的景象。赤卫伯和钟阿婆望着无限感慨。区英才背　着枪跑来，招呼了声阿妈，又冲着赤卫伯说："您又来义务劳动啦！"赤　卫伯笑着说："托毛主席的福，越活越年轻了！"他举了举手中的杠棒，　又上了渔船。

　　了。"钟阿婆听了之后，拍了一下身上的孩子，说道："常想想好，那时候像这样出海几个月，总有几家男人回不来。"说着钟阿婆用手摸了摸手里抱着的孩子，接着又说道："那时候，妇女、孩子就得冲着大海喊。"赤卫伯拭了一下自己的眼睛，听了钟阿婆说的话，没想到自己的话让钟阿婆给伤感起来了，他赶紧转身看了看钟阿婆，俩人不由自主地笑了起来。这时区英才背着枪高兴地跑来了，招呼了声阿妈，又冲着赤卫伯说道："赤卫伯，您又来义务劳动啦！"赤卫伯笑着说："托毛主席的福，越活越年轻了！"他举了举手中的杠棒，又上了渔船。

　　区英才亲热地抱起孩子，把孩子举起来，高兴地说道："小兵，在这好好跟外婆玩，爸爸有事，啊！阿妈！"说着他把孩子又交给钟阿婆。钟阿婆接过孩子向区英才挥了挥手："去吧，去吧！"

☆区英才亲热地抱起孩子："小兵，在这好好跟外婆玩，爸爸有事，啊！阿妈！"他把孩子又交给钟阿婆。钟阿婆接过孩子向区英才挥了挥手："去吧，去吧！"

　　阿螺跟一个女民兵推着空车回来，正巧一辆拖拉机将她和区英才隔开。阿螺下意识地冲着区英才追了几步，区英才因为心里有事，根本就没有注意到街上的人，也没有注意到对面的阿螺。女民兵看着阿螺望着区英才的样子，过来逗着阿螺，说道："哎，小两口几个月没见面了，怎么也不上去热烈欢迎欢迎？"说着那个女民兵呵呵地笑了起来，阿螺看着那个女民兵娇嗔地说道："去！他准有急事儿！"阿螺依依不舍地望着区英才远去的背影。

☆阿螺跟一个女民兵推着空车回来，正巧一辆拖拉机将她和区英才隔开。阿螺下意识地冲着区英才追了几步，女民兵过来逗阿螺："哎，小两口几个月没见面了，怎么也不上去热烈欢迎欢迎？"阿螺娇嗔地说："去！他准有急事儿！"

　　阿螺没有说错，区英才急步跑到民兵连部，给指挥部江书记摇电话，报告在海上发现了可疑船只的事。江书记接到电话说道："喂，哪里啊？你好！我就是！我就是老江啊！"区英才这时高兴地说道："江书记啊，我是区英才啊。你好啊！好啊！好啊！都回来了啊！"这时甜女也过来了，区英才看了一眼甜女，继续说道："打了多少鱼啊？这次打了一万袋。什么？太少了？"这时站在一旁的甜女，听着江书记的话，她一把从区英才的手里把电话夺了过去，放在自己的耳朵上，高兴地说道："喂，下次我们保证打一百万袋，可是有一样，你得先批准，给我抓一条万吨渔船来。"说完哈哈大笑了起来。这时区英才从甜女的手里把电话拿了回来，这时江书记在电话里问道："刚才是谁呀？"区英才说道："你猜？"江书记说道："我猜？嗯，准是甜女。"说完呵呵笑了起来。这时区英才开始汇报在海上发现的那艘可疑船的情况，江书记听后，神情严肃地说道："什么？'万利 N6699'……对，上级发来了通报，说国际上'帝、修、反'掀起反华大合唱，台湾蒋匪也蠢蠢欲动，可能派小股武装特务到我沿海一带捣乱。对，敌人是火烧芭蕉心

☆阿螺没有说错，区英才急步跑到民兵连部，给指挥部江书记摇电话，报告在海上发现了可疑船只的事。江书记接到电话神情严肃地说："什么？'万利 N6699'……对，上级发来通报，说国际上'帝、修、反'掀起反华大合唱，台湾蒋匪派武装特务到我沿海一带捣乱……"

不死，对呀，我们睡觉也要睁着一只眼……"

区英才对着话筒，一脸严肃地回答道："是，我们要提高警惕，睡觉也要睁着一只眼！……运输大队长什么时候来，我们什么时候欢迎！"站在一旁的甜女在话筒旁插话："对，大南港我们包了！"区英才挂上电话后对甜女说道："大黄牛好牵，小老鼠难抓！"甜女一听，更来劲了，对着区英才说道："哎，英才哥，我去集合人啦！"

☆区英才对着话筒："是，我们要提高警惕，睡觉也要睁着一只眼……运输大队长什么时候来，我们什么时候欢迎！"站在一旁的甜女在话筒旁插话："对，大南港我们包了！"区英才挂上电话后对甜女说："大黄牛好牵，小老鼠难抓！"甜女更来劲了："哎，英才哥，我去集合人啦！"

区英才一听，赶紧制止道："干吗？把大伙叫到这儿等着。"甜女赶紧说道："嗯。"区英才又接着问道："不过节了？"甜女来到区英才的跟前，看着区英才，一脸认真而响亮地答道：'对！"区英才抬起头来，看着甜女那一脸认真的表情，反问甜女："对什么？那还叫什么常备不懈、招之即来呀？告诉大家，一切照常！"甜女答一声"是"，转身走下楼去。区英才见甜女走了，又赶紧追了出来，来到晒台栏杆旁，向楼下已经跑出去的甜女喊着："告诉你姐，我开个会就回家！"甜女边跑边答应道："嗳。"

☆区英才赶紧制止："干吗？把大伙叫到这儿等着，不过节了？"甜女响亮地答道："对！"区英才反问甜女："对什么？那还叫什么常备不懈、召之即来呀？告诉大家，一切照常！"甜女答了一声"是"，转身走下楼去。英才又赶到晒台栏杆旁，向楼下喊着："告诉你姐，我开个会就回家！"

区英才家，院里的瓜架下，阿螺摇着摇篮，对孩子说道："开个会就回家，哼！说得好听，他早把咱娘俩给忘喽！"阿螺满院子来回忙着干家务活，嘴上还继续叨叨着。说着来到了水井边，掂起一桶水，边往厨房里走着，边说道："人家是民兵大连长，忙人！连部才是他的家！"阿螺

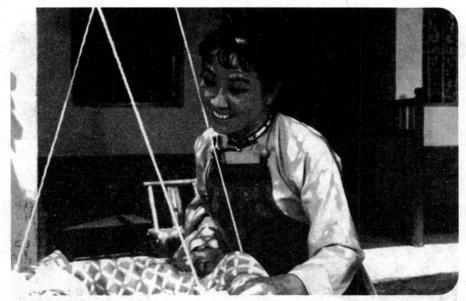

☆区英才家，院里的瓜架下，阿螺摇着摇篮，对孩子说道："开个会就回家，哼！说得好听，他早把咱娘俩给忘喽！"阿螺满院子来回忙着干家务活，嘴上还继续叨叨着，"人家是民兵大连长，忙人！连部才是他的家！只有我的小兵乖，跟妈妈做伴儿，啊！"等她回到摇篮边，伏身一看，孩子睡着了，"哟，这满院就我一个人睁眼瞎叨叨哇！"

把水桶放在了厨房，又来到了院子里，拿起了一个挂在绳上的毛巾，搽着手，看着摇篮里的小兵又说道："只有我的小兵乖，跟妈妈做伴儿，啊！"等她回到摇篮边，伏身一看，孩子睡着了，"哟，这满院就我一个人睁眼瞎叨叨哇！"

正在这时，只听见一声："报告！"区英才背着枪站在门口，微笑着说道，"还有我在这听哪！"阿螺理了理头发，故意上下打量了一下区英才，说道："哟，这位同志好像见过，你找谁呀？"区英才也装着严肃的样儿，边朝着院子里面走，边指着阿螺说道："我找阿螺同志，也是小兵的妈妈！"说着笑着走到阿螺和孩子的身边，这时阿螺听着区英才说的话，赶紧走上前来，接过区英才手里拿着的东西，

☆"报告！"区英才背着枪站在门口，"还有我在这听哪！"阿螺理了理头发，故意上下打量了一下区英才："哟，这位同志好像见过，你找谁呀？"区英才也装着严肃的样儿："我找阿螺同志，也是小兵的妈妈！"说着笑着走到阿螺和孩子的身边。

哈哈大笑了起来。

　　两人深情地望着摇篮里的孩子。区英才从衣服的口袋里，掏出一个小海螺，站在小兵的摇篮边，对着小兵说道："小兵，爸给你吹个冲锋号！"阿螺看孩子是刚刚睡着了，担心区英才一吹会把孩子给弄醒了，赶紧上前拉住区英才的胳膊制止他："哎，别弄醒孩子！"区英才听阿螺这么一说，赶紧把小螺号从嘴边拿开了，微笑着看着阿螺说道："嗯。"阿螺拿着从区英才手里接过来的东西，回屋里去了。这时区英才还站在小兵的摇篮边，见不能给小兵吹小螺号了，区英才想出了一个办法，那就是把小海螺系在摇篮顶上。挂好了小螺号，区英才并没有马上离开，而是站在那里高兴地端详着熟睡的孩子。

☆两人深情地望着摇篮里的孩子。区英才掏出一个小海螺："小兵，爸给你吹个冲锋号！"阿螺赶紧制止他："哎，别弄醒孩子！"区英才只得把小海螺系在摇篮顶上，高兴地在那端详孩子。

这时阿螺回屋已经把区英才的衣服给拿过来了，她微笑着看着区英才，把衣服递到区英才的手里，关切地说道："嗳，快去冲个凉，换衣服。"区英才从阿螺的手里接过来衣服，微笑着说道："嗯。"随后阿螺看着区英才带着点埋怨的口气说道："瞧把你忙的，光知道干活，连明天是什么日子都忘记了吧？"区英才说道："明天是什么日子，这还能忘得了！"阿螺说道："这还忘得了！是什么日子？"区英才手里拿着衣服，看着阿螺认真地说道："明天是国庆节，那还能忘得了。"阿螺看着区英才继续问道："还有呢？"区英才听阿螺这么一问，一时还真的想不起来，还有什么，就看着阿螺一验疑问地反问道："还有？"还别说，阿螺这一问，还真把区英才给问住了。见区英才回答不上自己的

☆阿螺问区英才，明天是什么日子，区英才说是国庆节，那还忘得了。阿螺继续问："还有呢？"区英才被问住了。阿螺得意地说："瞧瞧忘了不是，告诉你，家——庆——节！阿妈明天五十大寿，咱小兵明天过周岁，你和甜女又出海刚回来，你看，还不够个家庆节呀！"

问题来，阿螺看着一脸疑问的区英才，得意地说道："瞧瞧忘了不是，告诉你，家——庆——节！"阿螺说完开始给睡在摇篮里的小兵整理着东西，区英才听阿螺这么一说，觉得有点稀奇。区英才拿着衣服进屋去了。阿螺说道："啊？还有？看，忘了不是！明天是九月初三，咱们的小兵过百岁！"区英才明白过来了，惊讶地说道："噢，小兵过百岁！"阿螺边哄着孩子，边数落着区英才："看你爸爸的好记性！把你早都给忘喽！连个长命锁都不给我们小兵打，什么爸爸？"区英才说道："长命锁？"阿螺说道："嗯，长命锁！哎，明天咱家还有喜事哪！"区英才惊讶地问道："还有喜事？"阿螺望着区英才走过去的背影，说道："阿妈明天五十大寿，咱小兵明天过周岁，你和甜女又出海刚回来，你看，还不够个家庆节呀！"

☆区英才笑着说："家庆节？你这名堂还真不少哪！"随后，他走进屋里，拿起桌上的照片看着：照片上区英才着军装，阿螺着民兵装，真是飒爽英姿五尺枪。

区英才笑着说道："家庆节？你这名堂还真不少哪！"随后，他走进屋里，拿起桌上的照片看着：照片上区英才着军装，阿螺着民兵装，真是飒爽英姿五尺枪。

阿螺在院里瓜架下，一边忙着收拾东西，一边安排着她的计划："吃过饭，咱就和阿妈、甜女一块儿回岛子……国庆节、家庆节一块儿过！"说着阿螺的脸上洋溢着幸福的笑容。区英才听了阿螺的安排，走到瓜架下边擦枪边对阿螺说道："那，我可得请……"阿螺说道："你要请谁？"区英才说道："谁也不请，我要请假！"阿螺接过区英才的话茬说："请假？我早给你请好啦！我早都和民兵连部打好招呼啦！他们说：区连长天天值班，不用请假，早该放他的假啦！"说完转身又看着摇篮里的小兵去了。

☆阿螺在院里瓜架下，一边忙着收拾东西，一边安排着她的计划："吃过饭，咱就和阿妈、甜女一块儿回岛子……国庆节、家庆节一块儿过！"区英才走到瓜架下边擦枪边对阿螺说："那，我可得请假！"阿螺接过区英才的话茬说："我早给你请好啦！"

区英才一听就知道阿螺是误解了自己的意思，看着阿螺，赶紧纠正说道："不，我是跟你请假！"阿螺看了区英才一眼，以为区英才这时跟自己开玩笑，就转过身来，看着区英才，微笑着说道："我不准！哼，枪，就是你的命根子！"说完，阿螺边挽着袖子，边朝着厨房走去了。区英才冲着走向厨房的阿螺的背影说："说对了，枪本来就是咱们的命根子！"

☆区英才赶紧纠正说："不，我是跟你请假！"阿螺看了区英才一眼："我不准！哼，枪，就是你的命根子！"区英才冲着走向厨房的阿螺的背影说："说对了，枪就是咱们的命根子！"

　　厨房里，热气腾腾。阿螺围着锅台忙个不停，只见她的手里拿着碗在认真地擦着，边擦着边高兴地朝着院子里的区英才说道："今天，明天，咱就在岛上团团圆圆过节，哪儿也不去啦！啊……"说着她开始去揭开锅盖，顿时冒起了热气，见区英才没有回应自己，她边吹着热气，还边朝着院子里的区英才说道："你听见没有？"还是无人应声。这时阿螺觉得有点奇怪了，要是区英才在院子里，自己说

☆厨房里，热气腾腾。阿螺围着锅台忙个不停："今天，明天，咱就在岛上团团圆圆过节，哪儿也不去啦！啊？……你听见没有？"无人应声。

☆阿螺走出厨房，院子里空无一人。她又转到屋前、屋里看，不见区英才人影。阿螺走到摇篮旁对着熟睡的孩子说："啊，敢情是我一个人睁眼瞎叨叨哇！小兵，乖，别动啊！阿妈到街上抓他去！"

了这么多话，他肯定会接上一句两句的啊，可是怎么一句话也没有说呢？阿螺的心里纳闷着，顿时脸上的笑容没有了，她赶紧把手里拿着的锅盖放下来，朝着院子里走去。

　　阿螺走出厨房，院子里空无一人，刚才还站在儿子摇篮边的区英才已经没有了踪影。区英才去哪儿了呢？阿螺的心里纳闷着，她赶紧又转到屋前、屋里看，不见区英才人影。这时阿螺走到摇篮旁，摇了一下小兵的摇篮，对着熟睡的孩子说道："啊，敢情是我一个人睁眼瞎叨叨哇！小兵，乖，别动啊！阿妈到街上抓他去！"

第四章 民兵们上街巡逻

大南港街上一派节日景象。区英才带着一队民兵在街上列队行进，赤卫伯背着枪追上来。区英才看到了赤卫伯，迎上去，对着赤卫伯说道："赤卫伯，您就别去啦。"赤卫伯听了区英才的话，看着他不解地说道："干吗？"这时站在区英才身边的一个民兵看着赤卫伯也说道："赤卫伯，瞧您这么大年纪，依我说啊，您该退队啦！"赤卫伯看着说话

☆大南港街上一派节日景象。区英才带着一队民兵在街上列队行进，赤卫伯背着枪追上来。区英才迎上去："赤卫伯，您就别去啦。"一个民兵说："赤卫伯，瞧您这么大年纪，依我说啊，您该退队啦！"赤卫伯不服气地说："退队？凭什么？你看我哪一点比你们后生仔差！"几个民兵一起回答："赤卫伯，您老啦！"

的民兵，有点不服气地说道："退队？凭什么？你看我哪一点比你们后生仔差！"说着民兵看着赤卫伯呵呵笑了起来，这时几个民兵看着赤卫伯，一起回答道："赤卫伯，您老啦！"

几个民兵的一个"老"字可惹火了赤卫伯，只见他看着站在面前的年轻的小民兵们，表情十分严肃地说道："老了？老了怎么的？站岗放哨抓特务，押送犯人打夜操，我什么时候请过假、误过卯？退队？除非你去打个报告，毛主席亲笔批下来，我就退。可毛主席不会批准我退队的，不会的！"说完，得意地笑了。

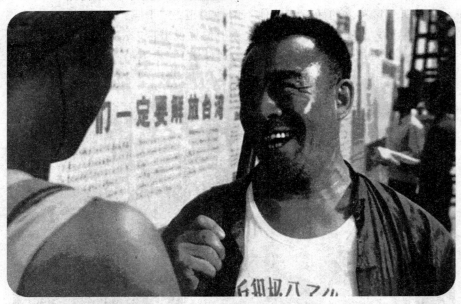

☆一个"老"字可惹火了赤卫伯："老了？老了怎么的？站岗放哨抓特务，押送犯人打夜操，我什么时候请过假、误过卯？退队？除非你去打个报告，毛主席亲笔批下来，我就退。可毛主席不会批准我退队的，不会的！"说完，得意地笑了。

民兵们听了也笑了。区英才看着赤卫伯，对赤卫伯认真地说道："是不会的。毛主席知道，我们民兵连少不了您这样的骨干。"区英才的一席话把刚才还一脸严肃的赤卫伯也给逗乐了，这时区英才收起了脸上的笑容，看着赤卫伯一脸严肃地说道："赤卫伯，我是想给您个重要任务。"赤卫伯一听，又看着区英才一脸严肃的样子，他惊讶地"哦"了一声，这时区英才看着赤卫伯接着说道："明天是国庆节，还是老规矩，您还得给民兵连上堂革命传统课，讲讲三十五年前赤卫队的事儿！"

☆民兵们听了也笑了。区英才对赤卫伯说："是不会的。毛主席知道我们民兵连少不了您这样的骨干。我先给您个重要任务：明天国庆节，老规矩，您还得给民兵连上堂革命传统课，讲讲几十年前赤卫队的事儿！"

　　赤卫伯听了区英才的话，先是犹豫了一下，有点底气不足地说道："年年讲，怕年轻人不愿意听了！"区英才看着赤卫伯，知道了赤卫伯的担心，一脸严肃地说道："那就更要讲了，太平久了，容易忘掉敌情，安乐久了，容易忘掉阶级斗争啊！"听了区英才的一席话，略一思考，赤卫伯觉得很有道理，他看着区英才坚定地说道："嗯！要讲！要讲！特别要给靓仔那样的小青年讲讲！"说着，他指着远处茶楼的橱窗，有点担忧地说道，"你出海这阵子，他跟卫太

利学手艺，手艺没学会，倒学会了吃、喝、穿、戴。你看，
他都变成什么样子了！"

☆赤卫伯先是犹豫了一下："年年讲，怕年轻人不愿意听了！"略一思考，
他又坚定地说："要讲！要讲！特别要给靓仔那样的小青年讲讲！"说着，
他指着远处茶楼的橱窗，"你出海这阵子，他跟卫太利学手艺，手艺没学
会，倒学会了吃、喝、穿、戴。你看，都变成什么样子了！"

    区英才转身朝着赤卫伯手指的方向看去，可以从茶楼
的窗户看到靓仔，只见他留着卷式发，戴着当时青年大多
买不起的手表。他的师傅卫太利正在让他品尝一锅煲汤的
口味，靓仔高兴地笑着，只见卫太利手里拿着舀子，来到
靓仔的身前，说道："尝尝。"靓仔尝了一下，觉得不错，
这时卫太利在一旁说："一招鲜，吃遍了天哪！哈哈！"

    区英才带着民兵队伍走过茶楼，靓仔向他们打着招呼：
"英才哥，你出海回来了！"区英才站在窗外，看了看靓仔
面前摆着的东西，一脸严肃地对靓仔说道："晚上到家来，
我跟你说点事！"靓仔答应着，望着民兵队伍走远了，他忽
然又想起什么，叫着："英才哥！"跑出茶楼。

☆从茶楼的窗户看到靓仔，他留着卷式发，戴着当时青年大多买不起的手表。他的师傅卫太利正在让他品尝一锅煲汤的口味，靓仔高兴地笑着，卫太利在一旁说："一招鲜，吃遍了天哪！哈哈！"

☆区英才带着民兵队伍走过茶楼，靓仔向他们打着招呼："英才哥，你出海回来了！"区英才站在窗外对靓仔说："晚上到家来，我跟你说点事！"靓仔答应着，望着民兵队伍走远了，他忽然又想起什么，叫着："英才哥！"跑出茶楼。

民兵队伍在街上又遇到来采购东西的钟阿婆和甜女。区英才看到钟阿婆赶紧叫道："阿妈！"民兵们也走上前去，拉钟阿婆的胳膊热情地叫道："阿婆！"钟阿婆热情地答应着。钟阿婆看着又要出去的英才，问道："怎么，英才，刚到家又去巡海？"区英才看了看钟阿婆说道："嗯，您看我也帮不上您的忙！"钟阿婆看着区英才，一脸微笑地说道："用不着，你的事比我的事重要。"说完哈哈大笑了起来。这时手上端着东西的甜女看着钟阿婆赶紧插话说道："阿妈，今天我也不能陪您回岛上过节啦！"钟阿婆连声说："好，好，应该，你们的事重要，我不拉你们的后腿！"甜女搂住阿妈撒娇说："你真好！"这时钟阿婆拉住甜女的手说道："去，去，去，疯丫头，用不着你表扬！"这时区英

☆民兵队伍在街上又遇到来采购东西的钟阿婆和甜女。钟阿婆问区英才："怎么，刚到家又去巡海？"区英才说："您看我也帮不上您的忙！"甜女插话说："阿妈，今元我也不能陪您回岛上过节啦！"钟阿婆连声说："好，好，你们的事重要，我不拉你们的后腿！"甜女搂住阿妈撒娇说："你真好！"民兵们笑着离开了。

才对钟阿婆说道："阿妈，我们走了。"民兵们笑着离开了。钟阿婆看着他们微笑着，这时甜女拉着钟阿婆的胳膊，撒娇地叫道："阿妈!"钟阿婆看着甜女哈哈大笑了起来，她们俩笑着也走开了。

　　这时靓仔边跑着，边朝着走在前面的区英才喊着："英才哥!"从远处追来。阿婆看靓仔喊区英才，赶紧拦住他说道："区英才有事。"靓仔听了钟阿婆的话，摸了摸头发，说道："嗯，那算了。"转身就要走，钟阿婆看着要离开的靓仔说道："哎，靓仔！怎么躲着我呀?"靓仔听钟阿婆这么一说，赶紧停下了脚步，转身看着钟阿婆有点紧张地说道："不不不，哦，您这是给岛上采购去吧，等您把东西买完了先放在茶楼，我给你包包捆捆，等回岛的时候我再送您上船!"

☆ 靓仔喊着："英才哥!"从远处追来。阿婆拦住他说，区英才有事。靓仔转身就要走，钟阿婆说："哎，靓仔！怎么躲着我呀?"靓仔忙说："不不不，哦，等您把东西买完了放在茶楼，我给您包包捆捆，等回岛的时候我再送您上船!"

甜女看着靓仔，在一旁忙说道："不怕弄脏了你的衣服？"靓仔听甜女这么一说，有点不高兴地看着甜女说道："甜女，你这是什么意思？"甜女没有解释，而是看着靓仔反问道："你还不知道什么意思！"看着靓仔对甜女说的话有点不高兴了，钟阿婆赶紧制止甜女说道："好啦！别斗嘴啦！"

☆甜女在一旁说："不怕弄脏了你的衣服？"靓仔说："甜女，你这是什么意思？"甜女反问道："你还不知道什么意思！"钟阿婆制止说："好啦！别逗嘴啦！"

　　钟阿婆拉开甜女，微笑着走近靓仔，语重心长地说："孩子，聪明心计可要用在正道上啊……"靓仔一脸无奈地看着钟阿婆，伸出手来就要帮着钟阿婆拿着她的篮子，钟阿婆忙推开靓仔的手，接着说道："你不用嫌我啰唆，你和英才从小就没有爹妈，是在我跟前长大的。我就拿你们俩和甜女她们一样待。你们可都是吃海草、穿破网、住船屋长大的。"这时靓仔听着钟阿婆的话，脸开始有点不耐烦了，他就走在了钟阿婆的前面，钟阿婆一抬头，正好看见了靓仔的那身装扮，接着又说道："你看看你现在这份穿戴，这样下去会跌跤子的，咱们贫下中农要有革命的志气，把心思都用在为人民服务的正道上，这才是对的……你看你英才哥！"

☆钟阿婆拉开甜女，走近靓仔，语重心长地说："孩子，聪明心计可要用在正道上啊！……你不用嫌我啰嗦，你和英才从小就没有爹妈，是在我跟前长大的。我就拿你们俩和甜女她们一样待。你们可都是吃海草、穿破网、住船屋长大的。你看看你现在这份穿戴……你看你英才哥！"

　　海边，区英才率领民兵们攀礁石，踏沙滩，正在搜索、巡逻。他们时刻提高警惕，加强戒备，随时准备打击来犯之敌。

　　钟阿婆、甜女买完过节的东西正在沿街走着时，阿螺从后面追过来，来到钟阿婆的跟前，大声地喊道："阿妈！阿妹！"听到喊声，钟阿婆和甜女连忙转身，钟阿婆看着一路跑来，慌慌张张的阿螺说道："干什么？"阿螺把手一甩，说道："看见他了没有？"甜女一听，阿螺这是要找区英才，忙来到阿螺的跟前，看着她调皮地说道："阿姐不害羞，见

☆海边，区英才率领民兵们攀礁石，踏沙滩，正在搜索、巡逻。他们时刻提高警惕，加强戒备，随时准备打击来犯之敌。

☆钟阿婆、甜女买完过节的东西沿街走着时，阿螺从后面追来："阿妈！阿妹！看见他了没有？"甜女调皮地说："阿姐不害羞，见了阿妈也不说帮一把，就直脖瞪眼找老公！"阿螺着急地说："死甜女！"帮甜女放下挑子，"真的，看见他了吗？"

了阿妈也不说帮一把，就直脖瞪眼找老公！"钟阿婆听了，呵呵地笑了起来。阿螺听甜女这么说自己，她打了一下甜女的胳膊，着急地说道："死甜女！"说完阿螺开始帮甜女放下挑子，不过阿螺还是没有忘记自己的正事，她帮完甜女，看着甜女又问道："真的，看见他了吗？"

钟阿婆见阿螺还在打听着区英才，还以为阿螺真有什么事找区英才，就看着阿螺问道："有事吗？"甜女不等阿螺说话，就抢在了阿螺的前面，微笑着看着阿螺说道："还用问，秤不离砣，公不离婆！"阿螺被甜女说得还真有点不好意思了，她不好意思地看着钟阿婆叫道："妈！"甜女担心阿螺上来饶不了她，就赶紧躲到钟阿婆身后羞着阿螺，还哈哈大笑起来，只见甜女站在钟阿婆的身后，还大声地说道："扯老公后衣襟！"阿螺实在是被甜女说得不好意思了，只见她开始围着钟阿婆追打着甜女，嘴里还对钟

☆钟阿婆问阿螺："有事吗？"甜女抢着说："还用问，秤不离砣，公不离婆！"她躲到钟阿婆身后羞着阿螺，"扯老公后衣襟！"阿螺围着钟阿婆追打着甜女："阿妈，瞧你把她惯的！"钟阿婆说："嗯，是有点后悔呀！"

阿婆撒娇地说道："阿妈，瞧你把她惯的！"钟阿婆听了阿螺的话，看着甜女的那些举动，说道："嗯，是有点后悔呀！"

阿螺以为钟阿婆在责怪甜女，以为钟阿婆这次是向着自己，就转过身来，对着甜女说道："就是嘛！"钟阿婆看着阿螺那得意洋洋的样子，知道阿螺是误解了自己的意思，忙给她纠正说道："我后悔的是你，生了小兵以后把你惯坏了！"阿螺一听，钟阿婆还在责怪自己，就心里有点不高兴了，扭了一下脸，说道："看妈说的，人家也是有了儿女的人了。"钟阿婆看阿螺对自己说的话还有意见了，抬起头看着阿螺，又说道："有了儿女，有了小家家，心满意足啦？"被钟阿婆这么一说，阿螺把脸扭在一边，不说话了。

☆阿螺以为钟阿婆在责怪甜女，就对甜女说："就是嘛！"钟阿婆忙给她纠正说："我后悔的是你，生了小兵以后把你惯坏了！有了儿女，有了小家家，心满意足啦？"

这时站在不远处的甜女可得意了，见钟阿婆不但没有批评自己，反倒是说起了阿姐，她在一边站着也起劲了，

趁着钟阿婆的话，甜女也觉得自己的姐姐现在的作为就像钟阿婆说的那样，心里只有自己的小家家了，也忍不住说起了阿姐："别忘了我们放假，敌人他不放假，我们过节，敌人可不过节！"阿螺看着甜女说话时那一本正经的样子，简直和刚才与自己打闹的那个甜女判若两人，只见阿螺手里拿着东西走近甜女，针对甜女刚才说自己的话，说道："行啦，我的好妹妹！我当了八年民兵，从前那调门比你高。逢年过节，站岗放哨，我眼睛瞪得跟金鱼似的，也没见几个像样的敌人。"

☆甜女也说起了阿姐："别忘了我们放假，敌人他不放假，我们过节，敌人可不过节！"阿螺走近甜女："行啦，我的好妹妹！我当了八年民兵，从前那调门比你高。逢年过节，站岗放哨，我眼睛瞪得跟金鱼似的，也没见几个像样的敌人。"

第五章

抓住敌特「09」

正说着，跑来一位女民兵喊甜女，甜女赶紧迎了上去，这时女民兵来到了甜女的面前，看着甜女，向她报告说："排长，连长叫我们请回来个可疑分子，连长让我告诉你，让你好好接待！"甜女想了想，对那个民兵说道："好！给他准备一壶功夫茶！"

☆正说着，跑来一位女民兵喊甜女，向她报告说："排长，连长叫我们请回来个可疑分子，让你好好接待！"甜女说："好！给他准备一壶功夫茶！"

民兵连部。甜女倒了一杯功夫茶，端起来递给"可疑分子"，看着那个"可疑分子"很客气地说道："请吧！"

"可疑分子"看甜女给自己倒了一杯茶，忙说道："谢谢！"
只见这个"可疑分子"头上戴着军帽，手里拿着军装上衣，
提着一杆枪，见甜女给自己倒了一杯茶，他倒是一点也不
客气，接过茶杯一饮而尽。喝完茶，那个"可疑分子"把
水杯往桌子上一放，顺手把头上戴着的帽子给摘掉了，拿
在了手里。甜女看着他，接着问道："你是哪个单位的？"
"可疑分子"看到甜女问自己，就往前走了两步，看着甜女
认真地回答道："8765 部队，二营六连战士，英振强。"甜
女摆正了身子，目不转睛地看着他，接着问道："你多大岁
数？"那个"可疑分子"倒是一点也不怯场，看着甜女那么
死盯着看自己，只见他拿着手里的帽子，扇着，对于甜女
的问题，他不卑不亢地回答道："30 整，西历 1932 年生

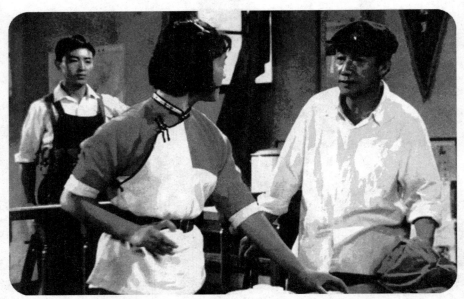

☆民兵连部。甜女端起一杯功夫茶递给"可疑分子"："请吧！"这个"可
疑分子"头戴军帽，手拿军装上衣，提着一杆枪，接过茶杯一饮而尽。
甜女问："你是哪部分的？""可疑分子"答："8765 部队战士，英振强。"
"你多大岁数？""30 整，西历 1932 年生人。""可疑分子"掏出证件递给
甜女。

人。"说完，"可疑分子"见甜女还盯着自己看，他赶紧从上衣的口袋里掏出证件递给甜女。

甜女接过证件认真地看了看，然后看着那个"可疑分子"，有点不解地问道："你这么大岁数了还当兵啊？""可疑分子"还没有来得及回答甜女的问题，只见站在一边的一位男民兵看着那个"可疑分子"又问道："是啊？"甜女看着那个"可疑分子"好像自己明白了什么似的，接着问道："哦，是下放干部吧？"只见那个"可疑分子"正不知回答什么是好呢，听了甜女这么问自己，正好给自己找了一个回答问题的理由，赶紧接过甜女的话茬，说道："对，对，对！我是下放干部……不是！不是！我不是下放干部，我一没挨过斗争，二没挨过整肃，我怎么会下放呢……"结结巴巴，不知怎样把话说圆。本来那个"可疑分子"还以为甜女的问话，会给自己找到非常好的理由来回答甜女

☆甜女接过证件认真地看了看，然后问："你这么大岁数了还当兵啊？是下放干部吧？""可疑分子"正不知回答什么是好呢，赶紧接过话茬："对，对，对！我是……不是！不是！我一没挨过斗争，二没挨过整肃……"结结巴巴，不知怎样把话说圆。

的问题，结果，这一问，还真把自己给问住了，不知道如何来回答。

甜女对于那个"可疑分子"的回答，稍微一思考，又接着给那个"可疑分子"倒了一杯热茶，递到了那个"可疑分子"的跟前，微笑着说道："来！天热，再喝一杯！"那个"可疑分子"见甜女又给自己倒了一杯水，赶紧伸出手来就去接，谁知在这个时候，甜女猛地将热茶水泼了"可疑分子"一脸，趁势夺下了他手中的枪。周围几个民兵举起枪大吼："不许动！不许动！""可疑分子"看着这样的架势，心里有点发虚了，只见他用手赶紧挡住了自己的头部，随后把手放下来，看着这站着的几个民兵，赶紧解释说："自己人，别误会！别误会呀！"

☆甜女稍一思考，倒了一杯热茶说："来！天热，再喝一杯！"她猛地将热茶水泼了"可疑分子"一脸，趁势夺下了他手中的枪。周围几个民兵举起枪大吼："不许动！不许动！""可疑分子"赶紧解释说："自己人，别误会！别误会呀！"

甜女手里端着枪，对着那个"可疑分子"，大声地说道："误会不了！说，从哪儿来的？"其他的几个民兵也喊道："说！""可疑分子"放下抱头的双手，看着这几个民兵，说道："民兵同志，这可是军事秘密！"甜女听到这儿，就来气了，只见她猛地上前，举起手里的枪，朝着那个"可疑分子"的头上，就要砸下去。那个"可疑分子"看着甜女举起手里的枪，赶紧用双手抱住了头，怯生生地看着甜女。见甜女只是举起了枪，并没有真的朝着自己砸过来，又看看其他的几个民兵，并没有真的要打自己的意思，那个"可疑分子"放下抱着头的双手，直起腰壮着胆："你们这样对待自己人，太不像话！"这时甜女愤怒地看着他，大声地喊道："不讲？"说着举起了板凳就要打，"可疑分子"看着甜女，惶恐万状地说道："你们要用刑罚？"甜女说道："我们解放军讲宽大政策，你说实话，坦白从宽，抗拒就从——严！"说着把自己的手里的枪栓给拉上了，这时"可疑分子"慌忙说道："我讲，我什么都讲，就是得先叫我睡

☆甜女大声说："误会不了！说，从哪儿来的？""可疑分子"放下抱头的双手，直起腰壮着胆："你们这样对待自己人，太不像话！"

上一觉，什么都讲。我们在海上漂了两天两夜，昨天又是一宿，划艇、游水，困、困！"

正在那个"可疑分子"想要耍赖发狂时，抬头一看，突然发现区英才背着枪，提着蛙人鞋、潜水镜走了进来，不觉一怔。其实区英才早已经站在门口，听着他在那儿狡辩了半天了。区英才没有说话，只是一脸威严地看着他。随后区英才朝前走了几步，猛地把蛙人鞋、潜水镜扔到"可疑分子"脚下。

☆正在他耍赖发狂时，突然发现区英才背着枪，提着蛙人鞋、潜水镜走了进来，不觉一怔。区英才把蛙人鞋、潜水镜扔到"可疑分子"脚下。

"可疑分子"看到自己的罪证，吓得低头缩身，顿时泄了气。在这些事实面前，现在那个"可疑分子"就是再说什么也已经晚了，这些东西已经证明了一切。"可疑分子"心里很明白，现在他唯一能做的，就是好好地配合老老实实地交代自己的问题。只见这时区英才用威严的目光逼视着他，问道："你交代！从哪儿来的?""可疑分子"看着区英才怯懦懦地说道："报告长官，我是从台湾来的。"区英才看着"可疑分子"又接着问道："用什么交通工具?""可疑分子"稍微身子往前倾着，看着区英才那一脸的威严，认真地回答道："万利N6699号渔船。"区英才走近了"可疑分子"，一脸严肃地问道："现在什么地方?""可疑分子"回答道："'三杯酒'以南。"区英才听了"可疑分子"说的话后，肩上背着枪转到了"可疑分子"的身后，接着问道："你是干什么的?""可疑分子"哆哆嗦嗦地站在那儿说道："海鲨特遣队上尉行动组长，代号09。"这时区英才又转到了"可疑分子"的前面，问道："任务?""可疑分子"上前，皮笑肉不笑地看着区英才说道："今天来大南港附近探道，今晚接应全体三个支队登陆，然后进入百花山建立游击走廊。"

☆"可疑分子"看到自己的罪证，吓得低头缩身，顿时泄了气。区英才用威严的目光逼视着他："你交代！从哪儿来的？什么交通工具？你的任务？""可疑分子"哆哆嗦嗦地交代了他是海鲨特遣队上尉行动组长，代号09。今天来大南港附近探道，今晚接应全体三个支队登陆，然后进入百花山建立游击走廊。

随后，区英才又严肃地问道："兵力?"特务 09 号老老实实地答道："三个支队。"区英才听了之后，朝前方走了两步接着又问道："登陆地点?"特务 09 号又交代："这我不知道。"区英才一听，接着说道："你奉命接应登陆，连登陆地点都不知道?"这时区英才一转身，用手使劲地拍了一下桌子，大声地朝着特务 09 号喊道："你是干什么吃的?"特务 09 号看区英才这是真的愤怒了，他站着颤颤悠悠地赶紧说道："长官不要上火，我知道。"区英才一脸严肃地说道："知道快讲!"这时站在一边的甜女指着特务 09 号大声地喊道："知道还不赶紧说! 说!"这时特务 09 号赶紧转身看着一脸愤怒的甜女说道："是，知道快说!"接着特务 09 号看着区英才的后背，小心地说道："预定接应的登陆地点在东港湾。"区英才听了之后，说道："哦。"这时特务 09 号接着说道："可是昨天晚上的东北风好大呀，把我们的橡皮舟刮上了一个孤岛。"这时区英才一听，赶紧拿出来了地图，对着特务 09 号问道："什么地方?"特务 09 号指着地图上的一个五角星状的岛子给区英才看，区英才说道："金星岛! 你什么时候离开的?"特务 09 号说道："五点整。"区英才接着问道："什么时候回去?"特务 09 号说道："十点半钟之前。"区英才一听，说道："胡说，这么快你就能回去?"特务 09 号看区英才生气了，认真地说道："这是真的，要不是你们拦住了我，我早就游回去了。"区英才说道："还真是个水鬼! 要是你到时候回不去呢?"特务 09 号说道："他们就不再等我，叫我自己到百花山去集合!"接着区英才又问道："你们的头目是谁?"说完区英才来到了桌子边的板凳上坐下，这时特务 09 号转身看着坐在板凳上区英才继续说道："司令叫何从，行伍出身; 电台台长头发有点长，像个女人。"这时正在一旁认真记录的甜女厉声问道："叫什么?"特务 09 号回答："叫兰继之。"甜女没有听清楚，接着大声地问道："什么?"特务 09 号认真地回答道："兰继之。"接着区英才看着特务 09 号又问道："还有呢?"看特务 09 号这时交代问题有点迟疑，区英才知道特务 09 号还有所保留，只见区英才身子朝前探着，看着特务 09 号一脸严肃地说道："我们的政策是坦白从宽，抗拒从严。"特务 09 号听到这儿，赶紧补充道："还有一个副司令，是本地人，叫王中王。"甜女——记录着，几个民兵听了，交换着目光，不由自主地说道："王中王回来了！"区英才听了，愤然站起："他来了，我们加倍欢迎！"

☆随后，特务 09 号又挤牙膏似的一点一点交代了：他们预定的登陆地点在东港湾；司令叫何从，行伍出身；电台台长叫兰继之；还有一个副司令，是本地人，叫王中王。甜女——记录着，几个民兵交换着目光："王中王回来了！"区英才愤然站起："他来了，我们加倍欢迎！"

第六章
布置应对王中王

敌特船"万利 N6699"在海上漂动。船舱内，兰继之正在传达台湾的来电，他说道："台湾来电，何司令、王副司令前天已经下令登陆东港湾，望今晚立即行动。只许成功，不许失败。"站在一边听着的王中王，听完后，来到兰继之的跟前，弯腰从兰继之的手里拿走了电报。只见王中

　　☆敌特船"万利 N6699"在海上漂动。船舱内，兰继之传达了台湾来电："登陆东港湾，望今晚立即行动。只许成功，不许失败。""蠢！东港湾根本靠不住！"王中王冲着何从激动地说，"拿脑袋碰运气，老子不干！大南港有我经营了三代的渔栏、家产，我一定要杀回去！把 13 年前逼我变成丧家犬的渔花子，统统干掉！"

王把电报拿在自己的手里，仔细地看着，看完之后，愤怒地说道："蠢！东港湾根本靠不住！"王中王接着拿着电报来到了一个桌子边，坐下，冲着何从激动地说道。这时坐在一边的何从，嘴里吸了一口烟，叹口气说道："哎，是福不是祸，是祸躲不过啊！"这时王中王看着何从说道："我晓得，你是想顺水推舟，登上去就升官发财，退回来就一推了事。拿脑袋碰运气，老子不干！大南港有我经营了三代的渔栏、家产，我一定要杀回去！把那些 13 年前逼我变成丧家犬的渔花子，统统干掉！"

何从听了王中王的话，看着王中王生气的样子，冷笑着说道："王副司令，后话不提吧！你我眼下都是军人，只能以服从命令为天职。"王中王听了何从的说的话，更是生

☆何从冷笑着："王副司令，后话不提吧！你我眼下都是军人，只能以服从命令为天职。"王中王气恼地说："少来这一套！军人？就是你们这些军人把整个大陆败在共产党手里了！"何从吼道："够了！说，你的高见？"王中王挤出一句："兵分两路！"

气了，只见他看着何从气恼地说道："少来这一套！军人？就是你们这些军人把整个大陆败在共产党手里了！"何从听着王中王说的话，越来越不像话了，看着他大声地吼道："够了！"说完何从站了起来，走到了一个桌子边，看着地图，扭头对着王中王说道："说，你的高见？"王中王把身子往前探了一些，看着趴在地图上看的何从，挤出来一句："兵分两路！"

联防指挥部里，江书记站在地图前正在主持会议。他指了指墙上的地图，分析道："王中王是个阴险狡猾的敌人，他很可能用兵分两路的方法迷惑我们，我们就来它一个双钩钓鲨！"大家听了江书记的分析，觉得很有道理，都纷纷点头表示同意。这时一位同志说道：

☆联防指挥部里，江书记站在地图前正在主持会议。他分析道："王中王是个阴险狡猾的敌人，他很可能用兵分两路的方法迷惑我们，我们就来它一个双钩钓鲨！"

"敌人在海上的退路，我们……"这时有人站在门口大声地喊道："报告！"江书记一转身看到了喊报告的正是区英才，江书记赶紧上前说道："区英才同志！"

区英才背枪来到联防指挥部。大家一听是区英才来了，都纷纷站了起来，这时区英才来到江书记的跟前，握住江书记的手，说道："江书记。"随后区英才和在场开会的同志一一打了招呼。江书记来到桌子前，微笑着看着区英才，正要拿来水壶给区英才倒水，这时区英才从兜里掏出来一张纸递给江书记说道："江书记，这是我们民兵连的请战书。"江书记从区英才的手里接过来"请战书"，拿在了手里，仔细地看了看后说道："很好。现在我们想听听你们是

☆区英才背枪来到联防指挥部。他向江书记递交了民兵连的"请战书"。江书记看了看说："很好。你们是怎样估计敌情的？"区英才答道："我们判断，敌人会选择东港湾登陆，但不会是全部。最大的可能就是大南港，因为王中王解放前是大南港的土皇帝，地形、道路很熟悉，也便于找他的老部下，喘气，歇脚，当向导……"

怎样估计敌情的?”区英才看了看大家，微笑着答道：“我们那点想法，说不说的吧，反正都在领导脑子里装着呢。”这时江书记已经给区英才把水倒好了，只见江书记把水递到了区英才的手里，说道：“少啰唆，说！”区英才看着江书记认真地说道：“是！”接着区英才就开始汇报起民兵连的判断，“我们判断，敌人会选择东港湾登陆，但他不会是全部。因为，一敌人现在是小本经营，他们提心吊胆，怕这一锤子买卖全赔进去。二敌人特别是王中王，他要寻找其他的登陆地点……”说着区英才把手里的水杯放在了桌子上，接着来到了墙上挂着的地图前，说道：“而最大的可能就是大南港，因为王中王解放前是大南港的土皇帝，对大南港地形、道路很熟悉，也便于找他的老部下，喘气，歇脚，当向导。”大家觉得区英才的分析很有道理，纷纷点

☆江书记肯定了区英才的想法：“这样一来你们的担子可就重了！王中王在这一带经管了几十年，不会没有一点社会基础，有的人正盼着他卷土重来呢！”区英才大声答道：“我们一定提高警惕，保证完成任务！”

头，说道："是！"这时区英才又回到了地图前，指着墙上的地图接着说道："三东港湾能上来当然好，上不来也可以起个迷惑作用，便于他在大南港乘虚而入。"

江书记觉得区英才的分析很有道理，也很符合实际，他肯定了区英才的想法。江书记看着区英才说道："这样一来你们的担子可就重了！你分析得很对，王中王在这一带经营了几十年，不会没有一点社会基础，有的人正盼着他卷土重来颠覆我们的无产阶级专政呢！"区英才上前几步，看着江书记，大声地答道："我们一定提高警惕，保证完成任务！"

区英才推车回家，一进院就大声地喊道："阿螺！"阿螺大声地答应道："嗳！"这时区英才把车子扎好，对着来

☆区英才推车回家，一进院就对阿螺说："金星岛咱们改天再去，我今天要去民兵连部。"阿螺惊愕地问他："什么？你还要去？"她见区英才进门摘下挎包取出匕首擦拭，就没好气地问："说，哪是你的家？是这里，还是民兵连部？"

到自己跟前的阿螺说道："金星岛咱们改天再去，我今天要去民兵连部。"说完区英才朝着屋里走去了，阿螺转过身来看着区英才，惊愕地问他："什么？你还要去？"区英才站在门口，看着一脸惊愕的阿螺点点头，肯定地说道："嗯。"阿螺看着区英才，一脸生气地说道："英才，你可是亲口答应过，今天晚上回岛子的！"区英才说道："是亲口答应了，可是目前形势发生了变化，所以我们的任务也得跟着……"说完就进屋去了，阿螺也跟了进来，她见区英才进门摘下挎包取出匕首擦拭，阿螺背着孩子来到区英才的身边，就没好气地问道："说，哪儿是你的家？是我们这里，还是民兵连部？"

区英才看着一脸不高兴的阿螺，半开玩笑地答道："你这算个什么问题嘛！"阿螺看区英才不积极回答自己的问

☆区英才半开玩笑地答道："这算个什么问题嘛！我呀——我拒绝回答！"阿螺夺下区英才手中的匕首套："少来这个啊，说，哪是你的家？应该守着哪个？"区英才干脆地回答："两个都是我的家！哪个当紧就守哪个！"

题，她拉了一下区英才的胳膊，撒娇似的说道："说吗？"
区英才看了看阿螺，转过身子去，手里拿着匕首，说道：
"我呀——我拒绝回答！"阿螺气得哭笑不得，只见阿螺转
身来到区英才的正面，伸手一把夺下区英才手中的匕首套，
一本正经地说道："少来这个啊，说，哪是你的家？是我们
娘儿俩这儿？还是民兵连部？"区英才看着阿螺认真地说
道："两个都是我的家。"阿螺看着区英才接着问道："应该
守着哪个？"区英才干脆地回答："哪个重要就守着哪个！"
说着从阿螺的手里把匕首套夺了过去。

区英才从阿螺手中抢过匕首套走出屋去。阿螺紧追出
来，站在区英才的跟前，生气地说道："啊！我们这就不重
要？"区英才从瓜架上取下螺号，转身对阿螺说道："当民

☆区英才从阿螺手中抢过匕首套走出屋去。阿螺紧追出来生气地："啊！
我们这就不重要？"区英才从瓜架上取下螺号，转身对阿螺说："当民
兵，抓特务就比这儿重要！王中王这两天很可能偷袭大南港，不抓
行吗？"

兵，抓特务就比这儿重要！"阿螺看着区英才又说道："那也不在乎这一天呢？"区英才看着一脸怨气的阿螺，一脸严肃地说道："根据掌握的情况，王中王这两天很可能偷袭大南港，不抓行吗？"

阿螺听了区英才的话，觉着这个理由不充分，就不以为然地说道："你别拿王中王吓唬我！他哪年不叫嚷要杀回大南港？他敢来吗？"说着阿螺来到了区英才的跟前，又接着说道："就算他敢来，几条小鱼也掀不起大浪，咱解放军天上、地下千军万马，它还不够一网捞的。还用得着你这民兵连长操心！"

☆阿螺不以为然地说："你别拿王中王吓唬我！他哪年不叫嚷要杀回大南港？他敢来吗？就算他敢来，几条小鱼也掀不起大浪，咱解放军天上、地下千军万马，它还不够一网捞的。还用的着你这民兵连长操心！"

区英才本来还没有觉得什么，但是听了阿螺说的话后，自己心里也有点不高兴了，只见区英才对着扭过脸生气的阿螺说道:"阿螺!你这说的是什么话这是?"阿螺看着区英才朝着自己说话的样子,把头扭了过去,只听见区英才看着阿螺继续说道:"在你的脑子里还有没有敌情观念?我本来打算板着性子好好和你谈谈,好好做做你的思想工作,可对你,我就是扳不住!你又不是不知道我是个一点就响的渔炮脾气!再说我现在也没有时间和你闲磨牙啦!"阿螺看区英才也生气了,本来自己就一肚子的火气,这时火气更大了,只见她朝着区英才也怒气冲冲地说道:"什么,我还没有时间和你闲磨牙哪!你扳不住,我还扳不住呢!给你孩子,我走!"说着解下背上的孩子,塞到区英才怀里。

☆区英才对扭过脸生气的阿螺说:"阿螺!你这说的是什么话?脑子里还有没有敌情观念?我本来打算板着性子好好和你谈谈,可对你,我就是板不住!"阿螺也怒气冲冲地说:"我还板不住呢!"说着解下背上的孩子,塞到区英才怀里。

区英才见阿螺把孩子塞进自已的怀里，赶紧伸开手把孩子接了过来。区英才见阿螺扭头就走，他看了一眼哭着的孩子，抬起头，看着阿螺忙问道："哎，哪儿去?"阿螺说道："回岛子找妈去!"阿螺这时已经走到了院子的门口，听到了区英才的问话，只见阿螺在院门口回答："金星岛!"区英才一听，火就上来了，生气地说道："好，你走吧!"两人一吵吵，区英才怀里的小兵"哇"的一声哭开了。这时走到院子门口的阿螺听着孩子在区英才怀里的哭声，不由得停下了脚步。

☆区英才见阿螺扭头就走，忙问道："哎，哪儿去?"阿螺在院门口回答："金星岛!"区英才："好，你走吧!"两人一吵吵，区英才怀里的小兵"哇"的一声哭开了。

区英才手里边哄着哭着的孩子，边朝着门口的阿螺说道："你不要以为我怕你，其实这是我疼你，可有一样，不能疼过了头!也许这两年我是疼过了头才得到这样的报应!"阿螺站在院子的门口，听着区英才说的话，也琢磨着区英才说的话，孩子还在区英才的怀里哭着，阿螺的心乱了，她也不知道是走还是不走了。见阿螺站在那里迟疑着，区英才抱着孩子走到阿螺的跟前，冲着阿螺说道："行啊，孩子我背上，我也照样执行任务！"说完他抱着孩子就出了门。阿螺怔了一下："哎！"又急步追去。

☆"你不要以为我怕你，其实这是我疼你，可有一样，不能疼过了头！"区英才抱着孩子冲着阿螺说："行啊，孩子我背上，照样执行任务！"说完他抱着孩子就出了门。阿螺怔了一下："哎！"又急步追去。

　　海边，一株株挺拔笔直的椰子树，在蔚蓝的天空下，叶羽像孔雀尾似的散开。这小两口根本顾不上欣赏这周围的美景，区英才抱着孩子急匆匆地往前走，阿螺在后面气嘟嘟地紧追着。

　　来到了大海边，区英才站住了，阿螺追到海边也站住了，俩人一左一右地站着，谁也不看谁，都看着大海里翻腾的海水。区英才十分生气，看着阿螺现在的样子简直和以前换了一个人似的，他回过头来看着阿螺说

☆海边，一株株挺拔笔直的椰子树，在蔚蓝的天空下，叶羽像孔雀
　尾似的散开。这小两口顾不上欣赏美景，区英才抱着孩子急匆匆
　地走，阿螺在后面气嘟嘟地紧追。

☆英才站住了，回过头来说："阿螺！你变了！过去你是个螺号，
　在海上，靶场上，到处听见你笑，你唱。可是现在，你真成了个
　海螺，钻进自己的小硬壳壳里去了！你记得吧，咱俩成亲那天夜
　里，你就背上这杆枪和我一起去巡海！"

道:"阿螺!你变了!过去你是个螺号,到处听得见你笑,你叫,尔唱,在海上,在码头上,靶场上……可是现在,你真成了个海螺,钻进自己的小硬壳壳里去了!阿螺,我们不能光顾个人。在海那边,那群吃人的妖魔鬼怪。连做梦都想来夺我们的江山,害我们的孩子!你记得吧,我复原回来,咱们就成了亲,咱俩成亲那天夜里,你就背上这杆枪和我一起去巡海!旧社会管那叫入洞房,我们就去守海防。"阿螺听了,问道:"夺我们的江山,害我们的孩子?"区英才接着说道:"普天下还有多少穷哥们儿,穷姐儿们在受苦受难哪!阿螺,这两年你退出了民兵队,放下了枪,你连思想里的那杆枪也都放下啦!这样早晚会吃大亏的!"

☆阿螺动情地听着,区英才继续说:"也就是在这儿,咱俩说过,我们是从枪上认识了党的真理,结下战斗友谊,成了革命夫妻,要一辈子把枪放在心坎上。阿螺,这些你都忘了吗?"阿螺含泪答道:"这还不是为了孩子和这个家!"

　　阿螺动情地听着，区英才继续说："也就是在这儿，咱俩说过，我们是从枪上认识了党的真理，结下了战斗友谊，成了革命夫妻，要永远当一个战斗的人，一辈子把枪放在心坎上。阿螺，这些你都忘了吗？你放下了手中的枪，连思想上这杆枪你也忘了？"阿螺听了区英才的话，也很感动，但也觉得很委屈，只见她含着泪看着区英才答道："这还不是为了孩子和这个家！"

　　区英才看着阿螺流着眼泪，自己心里也很难受，但是区英才看到阿螺就单单为自己活着，就语重心长地说道："咱能就为这些活着吗？大海不平静，人海有斗争，万里长征才走了第一步。把一生都交给革命，这才是幸福！像你这样，船到码头车到站，就会掉进资产阶级个人主义的泥坑里！"

☆区英才说："咱能就为这些活着吗？大海不平静，人海有斗争，万里长征才走了第一步。把一生都交给革命，这才是幸福！像你这样，船到码头车到站，就会掉进资产阶级个人主义的泥坑里！"

阿螺觉得区英才说得有点严重了，她转过脸来，看着区英才说道："你别吓唬人，我可不是靓仔！"区英才看着阿螺还是一副不理解的态度说道："你正踩着他的脚印走！"阿螺一听区英才这么说自己，非常生气，冲着区英才大声地喊道："你？"区英才见阿螺又生气了，把头也扭向了一边，区英才抱着孩子赶紧转到了阿螺的正面，阿螺见区英才过来了，又转向了另一边，这时区英才上前凑近阿螺说道："好吧，你一下子想不过来，先上岛子去跟阿妈好好谈谈，过两天我和孩子去接你！"说完，抱着孩子要走。阿螺见区英才抱着孩子要走，就急了，只见她手里提着篮子，赶紧上前，来到了区英才的前面，截住区英才，伸出双手，对区英才说道："给我！"区英才看着阿螺高兴地叫道："阿

☆阿螺说："你别吓唬人，我可不是靓仔！"区英才凑近阿螺说："好吧，你一下子想不过来，先上岛子去跟阿妈好好谈谈，过两天我和孩子去接你！"说完，抱着孩子要走。阿螺急了，截住区英才，伸出双手："给我！"区英才高兴地把孩子还给阿螺。阿螺把几件换洗衣服塞到区英才手里，抽泣着离去。

螺!"说着将手里抱着的孩子还给了阿螺。阿螺接过来孩子,抱在怀里,顺手把篮子里的几件换洗衣服塞到区英才手里,抽泣着离去。区英才看着阿螺远去的背影,心疼地喊道:"阿螺!"阿螺头也没回地抱着孩子走了。

第七章 受革命传统教育

夕阳西照。"呜——呜——"民兵吹响的螺号声，在海空回荡。盐池旁，几队民兵正奔跑着，向着飘扬的"大南港民兵连"红旗处集中。

☆夕阳西照。"呜——呜——"民兵吹响的螺号声，在海空回荡。盐池旁，几队民兵正奔跑着，向着飘扬的"大南港民兵连"红旗处集中。

　　大南港民兵们在大榕树下整队、报数。这些民兵来自社会上的各行各业，不同的服饰，有男有女，有老有少，个个都是意气风发，精神抖擞。江书记曾经问过区英才这些人都是来自什么行业的，区英才回答："工、农、商、学，七十二行，各行各业都有。"江书记听了区英才的介绍，有点不相信，反问道："真有七十二行？"区英才笑了笑回答道："我们正式算过：一共是十八行！"江书记和区英才边走边聊着，不一会，江书记在区英才陪同下走近队伍，在赤卫伯面前站住，和他亲切握手。

☆大南港民兵们在大榕树下整队、报数。江书记在区英才陪同下走近队伍，在赤卫伯面前站住，和他亲切握手。

　　江书记握着赤卫伯的手，亲切地问道："赤卫伯你还在搬运站当参谋啊？"赤卫伯看着江书记微笑着说道："是啊！"这时站在一旁的区英才补充地说道："是搬运站的义务参谋，我们民兵连的业务骨干。"江书记听了，看着赤卫伯接着问道："多大年纪了？"赤卫伯看着江书记认真地说道："老江，说实的，说虚的？"江书记听了觉得很奇怪，就一脸疑问地问道："怎么？"赤卫伯看着江书记认真地说道："说了实的，你不让我退队就行！"江书记听了，呵呵笑了起来，这时赤卫伯看着江书记一本正经地说道："还小，才六十二！"大家听了赤卫伯的话都哈哈笑了起来。江书记也微笑着说道："好哇，民兵连的老骨干，人老心红，不减当年勇哇！"

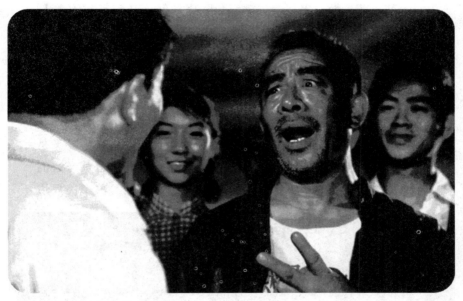

☆江书记问："赤卫伯多大年纪了？"赤卫伯："老江，说实的，说虚的？说了实的，你不让我退队就行！还小，才六十二！"大家都笑了。江书记说："好哇，民兵连的老骨干，人老心红，不减当年勇哇！"

江书记询问完赤卫伯的情况，又往前走了几步，来到一个年轻的民兵跟前，问道："你是哪一行的？"那个民兵说道："水产加工站的工人！"江书记说道："哦，工人阶级。"江书记问完，继续往前走，指着面前的一个民兵说道："你呢？"那个民兵说道："公社社员。"江书记听了之后，说道："农民。好啊，民兵的骨干。"接着江书记继续往前走，他看到了甜女，微笑着来到了甜女的跟前。他指着甜女微笑着说道："哦，甜女。"甜女微笑着答道："到！"接着江书记看着甜女，手摇着说道："要我给你一艘万吨渔轮是不是?”说完大笑了起来。接着江书记继续往前走,走到了一位年轻的小民兵跟前,江书记停下了脚步,指着小民兵说道:“哦,你是北街小商店的售货员?”小民兵看着江书记认真地说道:“江书记,别看我们商店小,盐、酱、醋、茶、糖、果、烟、酒、鱼、肉、虾,是样样都有啊!”大家听了也都高兴地笑了起来。接着江书记继续往前走,来到了一个年龄看上去不大的民兵面前,和蔼地问道:“你呢?”那个民兵高兴地回答道:“搓麻绳的!”江书记听了,笑着说道:“是手工业。”接着江书记又来到一个女民兵的跟前,问道:“你呢?”区英才说道:“这是我们托儿所的保育员。”江书记听了之后,说道:“是儿童的教育者,又是儿童的保卫者。了不起啊!”接着江书记指着保育员旁边的一个民兵问道:“你,我认识,茶楼大师傅!”那个民兵边

☆江书记又询问了几个民兵情况,然后走到队列前讲:“真是‘工农商学兵,农林牧副渔’,行行都有啊!同志们,你们做到了‘螺号一响,召之即来’!”

脱帽鞠躬，边说道："是，炊事员！"摘下帽子的民兵露出了没有理完的半边头发，江书记指着他说道："你这是……"那个民兵说道："报告首长，这是这么回事儿！我正在给他理发，刚好理了一半儿，外面的海螺就响了。古话说的好：'军令如山'，公事要紧，我就放下了剪子、梳子，他就解下了带子、围裙，一块背上武器就跑来了！至于剩下的那一半嘛，等消灭了敌人，再消灭它也还不晚！"江书记指着说话的民兵说道："不用问，你是理发员！"接着江书记发现民兵队伍中一位半卸戏装满脸油彩的女民兵说道："哎，也不用问了，演员！"那个女民兵说道："不，我是渔民中心小学的教员。我们正在演戏哪，下边就轮着我出台了，刚好海螺号一响，来不及卸妆就跑来了！"接着江书记继续往前走，走到了一个陌生的面孔面前，江书记停了下来，指着那个同志问区英才，区英才说道："不认识

☆这时，甜女向前一步，出列报告："我们排还没有做到召之即来。有一个人没有到。"区英才问："谁？"甜女回答："靓仔！"

了吧?"只见那位同志将嘴边上的胡子摘了下来,这时大家都看着哈哈大笑了起来。这时江书记看出来了,他走到小民兵跟前说道:"哎哟,是造船工人李小林。怎么成了演员了?"李小林看着江书记,微笑着说道:"是业余的。"这时江书记大致询问了一下民兵的情况后,然后走到队列前讲道:"真是'工农商学兵,农林牧副渔',行行都有啊!同志们,你们做到了'螺号一响,招之即来'!"

这时,甜女向前一步,出列报告:"我们排还没有做到招之即来。有一个人没有到。"区英才看着甜女一脸疑问地问道:"谁?"甜女看着区英才,认真地回答:"靓仔!"

小码头。卫太利手里拿着撑杆站在小船上,靓仔站

☆小码头。卫太利手拿撑杆站在小船上,靓仔站在岸边犹豫道:"卫师傅,民兵集合啦!"卫太利说:"嗨,集合还不是演习!去东港湾可是决定你的终身大事啊!人家有才有貌,可得要抓紧啊!走!"靓仔终于跳上小船。

在岸边看着卫太利犹豫地说道："卫师傅，民兵集合
啦！"卫太利看了看靓仔说道："嗨，集合还不是演习！
去东港湾可是决定你的终身大事啊！人家出身好，有才
有貌，可得要抓紧啊！走！"靓仔在卫太利的劝说下，
终于跳上小船。

　　小船离岸向海中摇去。这时一位女民兵跑上小码头冲
着靓仔大声地喊着："靓仔！集合啦！你往哪儿去啊?"靓
仔站在船上，冲着岸上的女民兵大声地喊道："我有急事，
你给我请个假！"这时甜女也跑来了，冲着靓仔喊道："不
行！现在是防护期间，马上回来！"

☆小船离岸向海中摇去。一位女民兵跑上小码头喊着："靓仔！集合啦！
你往哪儿去啊?"靓仔站在船上喊："我有急事，你给我请个假！"甜女
也跑来了，冲着靓仔喊："不行！现在是防护期间，马上回来！"

　　小船上，靓仔听到甜女的话，心里有些不安了，只见
靓仔对卫太利说道："走吧！她还能追来！"卫太利看着岸
上甜女的喊声，也心有余悸地说道："对她可不行，这个甜

女辣透了!"正在这时,码头那边传来子弹上膛声和甜女命令声:"回来!"卫太利一听,这甜女真要来真的,连忙冲着岸上大声地喊道:"哎,别开枪!我们回来了!"说着就赶紧朝着岸上划去。

☆小船上,靓仔对卫太利说:"走吧!她还能追来!"卫太利说:"对她可不行,这个甜女辣透了!"码头那边传来子弹上膛声和甜女命令声:"回来!"卫太利忙喊:"哎,别开枪!我们回来了!"

　　民兵集合场上。区英才站在那里,肩上背着枪,一脸严肃地问靓仔:"回来了!你的枪呢?"靓仔惶然,低头不语。甜女把一杆半自动步枪递给区英才,说道:"在这儿哪!"区英才从甜女的手把靓仔的枪接过来,拿在手里使劲地上膛也上不去,拍了拍,也没有弄好,痛心地看了看。

　　这时区英才手里拿着靓仔的枪,接着他来到赤卫伯的跟前,赤卫伯把自己手里的枪递给了区英才。区英才手里拿着赤卫伯的枪,走到队前,对大家说:"同志们,大家看

☆民兵集合场上。区英才严肃地问靓仔："回来了！你的枪呢？"靓仔惶然，低头不语。甜女把一杆半自动步枪递给区英才："在这儿哪！"区英才接过，痛心地看了看。

☆区英才又要过赤卫伯的枪，走到队前，对大家说："看，赤卫伯的枪是第一次世界大战时的产品，都打了补丁啦，可还保存得这么好。靓仔的枪是全新国产半自动，锈得都拉不开大栓了！这能做到常备不懈吗？"众民兵齐答："不能！"

一看，赤卫伯的枪是第一次世界大战时的产品，都打了补丁啦，可还保存得这么好。靓仔的枪是全新国产半自动，锈得都拉不开大栓了！这能做到常备不懈吗？"众民兵齐答："不能！"接着区英才又说道："这能做到招之即来，来之能战，战之能胜吗？"众民兵回答："不能！"

区英才将枪交给靓仔，说道："入列！"然后宣布，"同志们，每年国庆前一堂民兵传统课现在开讲。立正！"区英才庄重地把枪交还赤卫伯。赤卫伯接过枪，这时区英才对着众民兵大声地说道："坐下！"众民兵应声都坐了下来。赤卫伯走到队列前开始讲课，他先搞了个"统计"："同志们，三年前听过这堂课的有多少人啊？"这时众民兵中间有

☆区英才将枪交给靓仔："入列！"然后宣布，"同志们，每年国庆前一堂民兵传统课现在开讲。"区英才庄重地把枪交还赤卫伯。赤卫伯走到队列前开始讲课，他先搞了个"统计"："同志们，三年前听过这堂课的有多少人啊？"约百分之八十的人举手。"八年前呢？"约百分之二三十的人举手。"十二年前呢？"

约百分之八十的人举手。接着赤卫伯又问道："八年前呢？"这时众民兵中有约百分之二三十的人举手。接着赤卫伯又问道："十二年前呢？"

民兵们互相望着，这时众民兵中只有区英才一个人举起手。

赤卫伯深情地讲着："那是1950年，咱们大南港过头一个国庆节。英才我们爷俩，只有这一杆枪，就拿着它，在这棵大榕树下站岗。当时我问英才：'咱这枪好吗？'英才说道：'怎么不好？不就是用它把大渔霸王中王的爹给嘣了？'我说：'孩子，你还不晓得哟，这枪原来就王中王他爹的，这杆枪是闹赤卫队时，我跟你阿爸从大渔霸王中王他爹手上缴过来的！后来根据地丢啦，王中王又把它抢回去了……"

靓仔低着头抱着枪，认真地听着赤卫伯讲："……接着，王中王就逼着甜女的阿爸和英才的阿爸，还有靓仔的阿爸，到三杯酒去给他钓鲨沉了海，连尸首都没有捞回来！后来解放了……"

赤卫伯越讲越激动："……我们就用这杆枪把大渔霸王中王他爹给崩了！三十五年前，我们成立了工农赤卫队，拿上了枪，三十五年来，天变，地变，其实就从一件事上变：枪换了肩！我们背上了它，那些土豪、劣绅、大渔霸就给我们点头、哈腰、赔笑脸，他们冲什么呢？就是冲着这个。王中王拿上了它，就让我们妻离子散，家破人亡啊！他们凭什么？也是凭着这个！今天呢？我们又背上了它，王中王想叫我们再吃二遍苦，他办不到啦！夏天里，美国佬，蒋该死叫唤了一大阵子，没敢乱闯，也是怕这个！他们最怕的还有一样，那就是毛主席叫我们实行的'全民皆兵'！枪是宝贝疙瘩呀！看，我这杆枪还是宣统元年的哪，都打不上补丁啦，可是我还背上它，敌人照样害

☆民兵们互相望着，只有区英才一个人举起手。

☆赤卫伯深情地讲着："那是1950年，大南港过头一个国庆节。英
　才我们爷俩，只有这一杆枪，在这棵大榕树下站岗。当时我对英
　才讲，这杆枪是闹赤卫队时，我跟你阿爸从大渔霸王中王他爹手
　上缴过来的！后来根据地丢啦，王中王又把它抢回去了……"

☆靓仔低着头抱着枪，认真地听着赤卫伯讲："……接着，王中王就逼着甜女的阿爸和英才的阿爸，还有靓仔的阿爸，到三杯酒去给他钓鲨沉了海，连尸首都没有捞回来！后来解放了……"

☆赤卫伯越讲越激动："……我们就用这杆枪把大渔霸王中王他爹给崩了！三十五年来，天变，地变，其实就从一件事上变：枪换了肩！可从前咱不晓得这枪怎么就成了命根子啦？后来听毛主席一说，这心里才透亮，这就叫枪杆子里面出政权！"

怕！谁要和我换，我还不干哪！为什么？那咱们靠什么？还是靠着这个！可从前咱不晓得这枪怎么就成了命根子啦？后来听毛主席一说，这心里才透亮，这就叫枪杆子里面出政权！"

民兵们听了赤卫伯的讲解，都激动地鼓起了掌。这时区英才下令："起立！"这时有一个女民兵大喊道："连长！"叫着来到了区英才的跟前，手里拿着的一张纸递给了区英才。这时女民兵回到了队里，只见区英才看了一下手里的捷报，随后来到了队列的前面，说道："同志们，夺取政权靠枪杆子，保卫政权也得靠枪杆子。"然后向全体宣读刚刚收到的战斗捷报，"窜扰我东港湾蒋匪海鲨特遣队之一部，

☆民兵们激动地鼓掌。区英才下令："起立！"然后向全体宣读刚刚收到的战斗捷报，"窜扰我东港湾蒋匪海鲨特遣队之一部，一上岸就陷入我沿海军民强大包围之中，被就地全歼。战斗历时八分钟。"掌声又起。区英才大声说，"可是王中王还没抓住，大家要提高警惕！随时准备投入战斗，消灭敌人！活捉王中王！"众民兵齐呼："活捉王中王！"

一上岸就陷入我沿海军民强大包围之中，被就地全歼。战斗历时仅八分钟。"掌声又起。区英才大声说，"同志们，东港湾的战斗是胜利的，可是王中王还没抓住，我们要提高警惕！随时准备投入战斗，消灭敌人！活捉王中王！"众民兵齐呼："活捉王中王！"

第八章

靓仔大意泄情报

敌特船舱内。王中王走进来，看着坐在沙发上一动不动的何从，非常生气，发疯似的责骂道："胆小鬼，09接应一支队在东港湾登陆已经几个小时了，这边你还按兵不动，你成心要把我两路分兵的计划拖垮！"王中王大喊完，气得一屁股坐在了沙发里，何从听着王中王的责骂，不动声色地说道："再说一遍，我是个军人！"

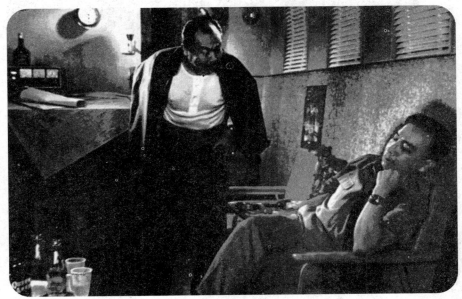

☆敌特船舱内。王中王发疯似的责骂何从："胆小鬼，09接应一支队在东港湾登陆已经几个小时了，这边你还按兵不动，你成心要把我两路分兵的计划拖垮！"何从不动声色地："再说一遍，我是个军人！"

兰继之送来刚收到的台湾电报命令："何、王二司令可率二支队换乘橡皮艇，实施登陆大南港。此次建议兵分两路，殊堪嘉勉。兹奉总统谕：何从，晋阶为少将，王中王晋阶为上校，望亲督所部，登上大陆，立功者加官晋阶。"何从听了之后，冷笑了两声说道："总统真是慷慨！我对党国有什么贡献，自到'海鲨'小队以来连升三级，我怎么敢受用这样高的军阶？太不敢当，太不敢当了！"

☆兰继之送来刚收到的台湾电报命令："何、王二司令可率二支队换乘橡皮艇，实施登陆大南泻。此次建议兵分两路，殊堪嘉勉。兹奉总统谕：何从，晋阶为少将，王中王晋阶为上校，望亲督所部，登上大陆，立功者加官晋阶。"

王中王听到这样的命令，心里兴奋了，他觉得这样的命令对自己有利，于是他冲着兰继之说道："回电告诉老头子，这笔买卖包在我王中王身上啦！"说完王中王高兴得笑了起来，兰继之听了王中王的命令，说道："是！"何从看了看腕上的手表，站起来下令："换乘橡皮艇！命令三支队就在这一带游动，随时准备接应我们！"兰继之听完何从的命令，说道："是！"这时王中王看何从下达完了命令，走上前看着何从说道："司令不愧是军人，进可攻，退可守啊！"何从冷笑了两声，看着王中王说道："老兄，干这个买卖，脑袋可是拴在裤腰带上。我担心一根蚊香两头点，两头成灰。"

☆王中王兴奋了："回电告诉老头子，这笔买卖包在我王中王身上啦！"何从站起来下令："换乘橡皮艇！命令三支队就在这一带游动，随时准备接应我们！"王中王走上前说："司令不愧是军人，进可攻，退可守啊！"何从说："老兄，干这个买卖，脑袋可是拴在裤腰带上。我耽心一根蚊香两头点，两头成灰。"

王中王觉得何从的担心有点多了，他看着何从不以为然地说道："多虑。大南港是我的老家。"说着在沙发上坐了下来，接着何从也坐了下来，听了王中王的话，何从并不相信，冷笑了两声说道："哼，老家？破啦！"王中王并不这样认为，只见他恶狠狠地说道："破啦？

船破了有底！底破了有帮，帮破了还有钉子，我相信一
定还有我的人！"

☆王中王不以为然地坐下说："多虑。大南港是我的老家。"何从冷笑道：
"哼，老家？破啦！"王中王恶狠狠地说："破啦？船破了有底！底破了
有帮，帮破了还有钉子，我相信一定还有我的人！"

　　此时，卫太利正在靓仔屋里。他自己端着一杯酒对着
靓仔说道："喝！"接着他走到靓仔的跟前，给靓仔倒了一
杯酒说道："喝！"这时靓仔端了一下酒杯，抬头看了卫太
利一眼，说道："不！卫师傅！你自己喝吧！"卫太利觉得
惊讶，看着靓仔问道："怎么啦？"这时靓仔抽了一口手里
的烟，说道："英才哥说了，这方面不能过分！"卫太利一
听，忙点点头说道："嗯，那倒是。不过，这是为了提高服
务质量，请你帮我尝尝火候，又不是贪污、腐化。说不上
过分不过分。"卫太利说着又把酒杯端到了靓仔的面前。靓
仔实在是不好再推脱，只见他端起酒杯，对着酒杯里的酒
一饮而尽。这是卫太利拿过来一盒烟，自己抽出来一根，

把烟盒放在了靓仔的面前，他点着了烟看着靓仔继续说道："东港湾的亲事没定下来，又让你受了一顿批评，我这心里头啊……"靓仔也从烟盒里抽出来一根烟，点着了，听着卫太利说的话，靓仔吸了一口烟说道："批评的对，我这杆枪是生了锈啦。"说着手里拿着枪站起来，来到了床前，卫太利一听，追着打听："还这么紧啊？东港不是打了个歼灭战吗？"靓仔看着卫太利说道："王中王没有抓着。"卫太利一听，大吃一惊地问道："王中王？"靓仔回头看着卫太利提醒道："你可要和王中王划清界限。"卫太利看着靓仔一本正经的样子，微笑着说道："我早就和王中王划清界限了。"

☆此时，卫太利正在靓仔屋里。他给靓仔倒了一杯酒说："东港湾的亲事没定下来，又让你受了一顿批评，我这心里头啊……"靓仔说："批评的对，我这杆枪是生了锈啦。"卫太利追着打听："还这么紧啊？东港不是打了个歼灭战吗？"靓仔说起王中王还没抓着，卫太利一惊。靓仔提醒卫太利要和王中王划清界线。

卫太利看着正在认真地擦着枪的靓仔说道："我虽然和他沾点亲，可从前给他的家里做饭，那也是受剥削。解放那年，他想逃跑，是我给大军报的信。可惜大军动作慢了点，让他给溜了。"靓仔听卫太利这么说，停下了擦枪，看着卫太利义愤地说道："等把他给抓住了，再给他算这笔账。"这时卫太利看着靓仔问道："王中王现在在哪儿？"靓仔继续擦着手里的枪，不经意地说道："在海上。"卫太利又接着问道："能抓得住吗？"靓仔边擦枪边说："放心，他跑不了！咱大南港早给他布下天罗地网了！"卫太利听了马上向靓仔说道："好，靓仔，把你的单车借给我用一下。"靓仔问道："干什么？"卫太利找了个借口，对靓仔说道：

☆卫太利辩解说虽然沾点亲早就划清界线了，他又问：王中王现在哪里？能抓住吗？靓仔边擦枪边说："在海上。放心，他跑不了！咱大南港早给他布下天罗地网了！"卫太利听了马上向靓仔借单车用，借口说："我到东港去办点过节东西，顺便给你那个对象打个招呼。"靓仔痛快地掏出单车钥匙递给卫太利。

"我到东港去办点过节东西，顺便给你那个对象打个招呼。"
靓仔痛快地掏出单车钥匙递给卫太利，看着卫太利并说道：
"早点回来啊！"卫太利答应着赶紧走了。等卫太利走后，
靓仔的枪也擦好了，只见他把枪放好，把床上的蚊帐放下，
开始睡觉了。

第九章

英才耐心劝好友

南港街上，夜深人静。区英才、甜女、赤卫伯巡逻到
茶楼门前，发现楼上还亮着灯。他们走上楼去，来到靓仔
的屋里，看到了桌子上吃完饭仍然放着的乱七八糟的东西。
区英才走到靓仔的床前，拉开床帘一看，见靓仔已经睡了。
区英才看着熟睡的靓仔叫道："靓仔！靓仔！"连叫了几声，
也没有把熟睡的靓仔叫醒，这时区英才使劲地用手一推，
把靓仔给叫醒了，靓仔赶紧坐起来，看着区英才问道："集

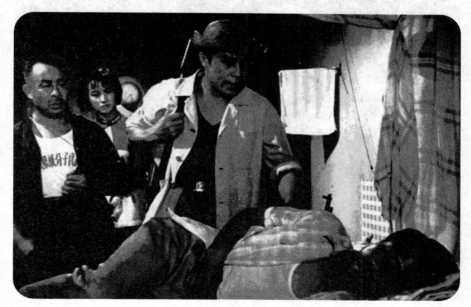

☆南港街上，夜深人静。区英才、甜女、赤卫伯巡逻到茶楼门前，发现楼
上还亮着灯。他们走进靓仔屋，把熟睡的靓仔推醒，问他："卫太利
呢？"靓仔告诉区英才，卫太利骑着他的车，到东港采购去了，大概走
了一个小时了。区英才吩咐赤卫伯和甜女："马上分头清查！"

合啦?"区英才说道:"集合干什么?"靓仔说道:"不是要抓王中王吗?"这时站在区英才后面的甜女看着一脸迷糊的靓仔,说道:"像你这样,就是那王中王来了,你也得把他给放走。"靓仔听了甜女说的话,不由得低下了头。这时区英才看着靓仔问道:"我问你,卫太利呢?"靓仔抬起头看着区英才,说道:"到东港采购去了。"区英才看着靓仔接着问道:"什么时候走的?"靓仔低头看了看腕上的手表,说道:"大概走了一个小时了。"区英才又接着问道:"怎么走的?"靓仔说道:"骑着我的单车。"区英才听了靓仔的叙述,转过身来,吩咐赤卫伯和甜女:"马上分头清查!"

靓仔听了区英才的吩咐,看着甜女和赤卫伯都赶紧出去了,这时他站起来看着区英才惊讶地问道:"怎么,你们怀疑卫师傅?"区英才一脸严肃地看着靓仔,反问靓仔:

☆靓仔惊讶地:"怎么,你们怀疑卫师傅?"区英才反问靓仔:"你就一点感觉也没有?"他指着桌上的酒菜,"瞧瞧,这个师傅都教了你什么?吃的,喝的!穿的,戴的!"靓仔嘟囔着:"你说的我都记住了。过分的我不搞,这是自己劳动所得,又不是贪污腐化,怕什么?"区英才说:"怕什么?千里大堤,能毁在一个蚂蚁洞上!"

"你呢？你就一点感觉也没有？"转过身来，区英才指着桌上的酒菜，对靓仔说道："瞧瞧，这个师傅都教了你些什么呢？吃的，喝的！穿的，戴的！"靓仔看着区英才在说自己，也嘟囔着说道："你给我说的我都记住了。过分的我不搞，这是自己劳动所得，又不是贪污腐化，怕什么？"区英才看着靓仔那一脸不情愿的样子，一脸严肃地说道："怕什么？千里大堤，能毁在一个蚂蚁洞上！"

说着区英才又来到了靓仔的跟前，看着靓仔，接着说道："卫太利就是利用你的弱点，迎合你的所好，用这些东西来腐蚀你。"靓仔对区英才说卫太利的话有不同的意见，他看着区英才不服气地说道："卫师傅过去在王中王家当厨师，也是受压迫的呀。社会主义这么好，他就不热爱？"区

☆靓仔还不服气："卫师傅过去在王中王家当厨师，也是受压迫的呀。社会主义这么好，他就不热爱？"区英才："这要看他是真还是假！"这时，甜女来报告，还没找到卫太利，赤卫伯正在给东港门市部打电话了解情况。靓仔着急地说："不光是去门市部，他还要给我介绍一个……对象！"

英才看着靓仔的执迷不悟，接着说道："这要看他是真热爱还是假热爱！"这时，甜女来报告，甜女来到区英才的跟前说道："还没找到卫太利，赤卫伯正在给东港门市部打电话了解情况。问他去了没有。"靓仔着急地说："不光是去门市部，他还要……"区英才连忙问道："还要到哪儿？"靓仔有点不好意思地说道："他还要给我介绍一个……对象！"

甜女一听卫太利还要给靓仔介绍对象，就气急了，只见她看着靓仔大声地骂道："没出息！大南港的姑娘都死绝了？逼着你请个坏蛋到外地去采购！他要给你找的对象啊，东港没有，香港也不多！"

☆甜女一听气急了："没出息！大南港的姑娘都死绝了？逼着你请个坏蛋到外地去采购！他要给你找的对象，东港没有，香港也不多！"

靓仔看甜女这么说自己，就有点生气了，只见他看着甜女也气呼呼地说道："甜女！香港、东港我还分得清。人家卫师傅一片好心，走的时候也和我说了，有什么了不起的！"

☆靓仔也气乎乎地："甜女！香港、东港我还分得清。人家卫师傅一片好心，走的时候也和我说了，有什么了不起的！"

☆甜女怒冲冲地说："啊？还真是你把他放跑的？包庇坏人，丧失立场！你的枪呢？" "干什么？" "你拿它我不放心！"甜女说着，一把从靓仔的手中夺过枪，"无产阶级的枪杆子，不能给你扛！"说罢转身出门，跑下楼去。靓仔追出门，冲着楼下嚷道："我是王中王，你枪毙了我吧！"

甜女一听，卫太利走的时候还给靓仔说了，真是气不打一处来。她看着靓仔怒冲冲地说道："啊？还真是你把他放跑的？包庇坏人，丧失立场！你的枪呢？"靓仔从床边上拿起自己的枪，瞪着甜女问道："干什么？"甜女瞪着靓仔大声地说道："你拿它我不放心！"靓仔看着甜女，听着她说的话，惊讶地问道："什么？"甜女说着，一把从靓仔的手中夺过枪，瞪着靓仔厉声说道："无产阶级的枪杆子，不能给你扛！"说罢转身出门，跑下楼去。靓仔看甜女把自己的枪给拿走了，也着急了，只见他赶紧追出门，冲着楼下的甜女嚷道："我是王中王，你枪毙了我吧！"

看着这一切的区英才，也跟着跑了出来，听了靓仔说的话，区英才也很生气，只见他看着靓仔，对靓仔质问道："谁说你是王中王了？"靓仔回过头来，看着区英才，心里

☆看着这一切的区英才对靓仔说："谁说你是王中王了？"靓仔回头问区英才："我不是王中王，为什么要下我的枪？"区英才问："你有没有错误？"靓仔回答："有错误我改，枪锈了我擦！"区英才又问："思想上生了锈呢？"靓仔无言可答，坐在床头闷头抽烟。

非常地不满，只见他不解地问道："我不是王中王，为什么要下我的枪？"区英才面对着靓仔的无理取闹，接着问道："你有没有错误？"靓仔还是一脸的不服气，转了一下身，背对着区英才，回答道："有错误我改，枪锈了我擦！"区英才看着靓仔，心里也是非常生气，只见他又问道："思想上生了锈呢？"靓仔无言可答，自己回到了屋里，区英才也跟着走了进去，只见靓仔坐在床头闷头抽烟。

区英才看了一阵一肚子气的靓仔，走到靓仔的床前，坐到靓仔身边，语重心长，满含深情地说："你不能光怪甜女啊，也怪我平常对你帮助不够，要求不严。看你现在这个样，我们都心疼，也恨你不争气！"说着，区英才搂住了靓仔的肩膀，继续说道："甜女、你、我虽然不是一母所生，可我们都是钟阿婆一手从苦水里拉扯大的阶级兄弟。"

☆区英才坐到靓仔身边，语重心长，满含深情地说："你不能光怪甜女啊，也怪我平常对你帮助不够，要求不严。看你现在这个样，我们都心疼，也恨你不争气！甜女、你、我虽然不是一母所生，可我们都是钟阿婆一手从苦水里拉扯大的阶级兄弟。"

说着区英才陷入了深深的回忆当中，仿佛当年的情形就在眼前，他含着泪接着说道："咱们是从小一起在海边捡海蛎子长大的穷哥儿们！那个时候，白天我们吃着海草在一条船上打鱼，晚上盖着破网在一个舱里睡觉。风来了，我们一起顶；浪来了，我们一齐向前冲。天冷了，我们胸贴胸，背靠背，你暖着我，我暖着你。别忘了，我们的亲爹妈都是让王中王给害死的。"听着区英才的话，靓仔也仿佛看到了当时的情形，只见他满含着眼泪，认真地听着，也陷入了深深的回忆当中。

☆"那个时候，白天我们吃着海草在一条船上打鱼，晚上盖着破网在一个舱里睡觉。风来了，我们一起顶；浪来了，我们一齐向前冲。天冷了，我们胸贴胸，背靠背，你暖着我，我暖着你。别忘了，我们的亲爹妈都是让王中王给害死的。"靓仔含着泪听着区英才的话。

　　这时区英才把搂住靓仔的胳膊收回来，伸出带着伤疤的左胳膊，对靓仔说道："咱们两个在一个房檐底下要过饭，我比你大几岁，王中王的手杖多挨了几年。可是别忘了，咱俩胳膊上的伤疤是怎么来的！"靓仔也把自己带伤疤的右胳膊伸了出来，两条疤痕接到一起……

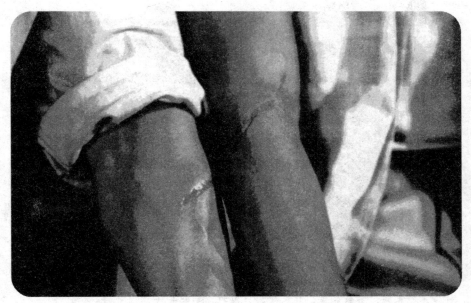

☆区英才伸出带着伤疤的左胳膊："别忘了，咱俩胳膊上的伤疤是怎么来的！"靓仔也把自己带伤疤的右胳膊伸了出来，两条疤痕接到一起……

　　他俩仿佛又回到苦难的童年时代。天空阴霾，小英才和小靓仔一起在礁石上挖海蛎子吃；他俩共盖一块破渔网睡在岸边破船里……歌声响起："苦根上结出的一对苦瓜，苦海里泡大的一对苦娃，胸贴胸，背靠背，苦熬冬夏，狂风吹，巨浪打，一起长大。"

　　从船上卸下来沉重的鱼筐压在他俩肩上，王中王在岸边监视着。歌声在继续："千斤重的担子，两个人来扛，仇和恨的种子，两颗心里扎。辛苦劳累难温饱，流血流汗受欺压。"

　　小靓仔体力不支，倒在沙滩上，鱼撒在地上。小英才扔下鱼筐，赶过来扶靓仔。王中王挥着手杖跑过来怒骂。

　　王中王挥起手杖，小英才一把抓住，不料，王中王顺

☆他俩仿佛又回到苦难的童年时代。天空阴霾，小英才和小靓仔一起在礁石上挖海蛎子吃；他俩共盖一块破鱼网睡在岸边破船里……歌声响起："苦根上结出的一对苦瓜，苦海里泡大的一对苦娃，胸贴胸，背靠背，苦熬冬夏，狂风吹，巨浪打，一起长大。"

☆从船上卸下来沉重的鱼筐压在他俩肩上，王中王在岸边监视着。歌声在继续："千斤重的担子，两个人来扛，仇和恨的种子，两颗心里扎。辛苦劳累难温饱，流血流汗受欺压。"

☆小靓仔体力不支，倒在沙滩上，鱼撒在地上。小英才扔下鱼筐，
　赶过来扶靓仔。王中王挥着手杖跑过来怒骂。

☆王中王挥起手杖，小英才一把抓住，不料，王中王顺手一抽，那
　手杖里是一柄贼亮的长刀。王中王举起长刀，小英才伸臂挺身护
　住小靓仔。长刀同时砍在两个人的胳膊上。受伤的手臂顿时鲜血
　直流。

手一抽，那手杖里是一柄贼亮的长刀。王中王举起长刀，小英才伸臂挺身护住小靓仔。长刀同时砍在两个人的胳膊上。受伤的手臂顿时鲜血直流。

王中王扬长而去。小英才和小靓仔捂着受伤的胳膊，用愤怒的目光看着远去的王中王。歌声更加激越高亢："一样红的鲜血，一样深的恨！一样长的伤口，一样宽的疤，一样红的鲜血，一样深的恨，阶级的仇恨要永远记住它！"

☆王中王扬长而去。小英才和小靓仔捂着受伤的胳膊，用愤怒的目光看着远去的王中王。歌声更加激越高亢："一样红的鲜血，一样深的恨！一样长的伤口，一样宽的疤，一样红的鲜血，一样深的恨，阶级的仇恨要永远记住它！"

回忆起这一切，靓仔望着两条带伤疤的手臂，叫了一声："英才哥！"伏到区英才肩上痛哭起来！

区英才眼含热泪，语气深沉地说道："不过，这才几天？看你的枪都生了锈啦！早就该狠劲儿地擦一擦啦！枪不擦锈，打不倒敌人；思想要是不'擦锈'，心不亮，眼不

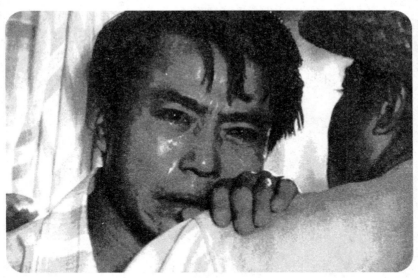

☆回忆起这一切，靓仔望着两条带伤疤的手臂，叫了一声："英才哥!"伏到区英才肩上痛哭起来!

☆区英才眼含热泪，语气深沉地说："咱们怎么能好了伤疤忘了疼，尝到甜头忘了苦，去追求资产阶级这一套呢？阶级斗争的事实告诉我们，软刀子杀人不见血，糖弹打人，叫你不觉得疼……"

明，能把狐狸当成知心人，穷哥儿们的实心话可就当成耳旁风啦！咱们怎么能好了伤疤忘了疼，尝到甜头忘了苦，去追求资产阶级这一套呢？阶级斗争的事实告诉我们，软刀子杀人不见血，糖弹打人，叫你不觉得疼……"

第十章

民兵们接受任务

就在此时，赤卫伯和甜女急步跑上楼报告，区英才听到有人上楼的声音，赶紧站起来，走了出来，这时赤卫伯和甜女也已经上来了。赤卫伯看到区英才说道："英才，卫太利他没有去东港！"甜女在一旁焦急地补充道："单车扔在了海边，人不见了！"区英才想了一下，气愤地说："驾船外逃了！"接着，他们赶紧下楼，去追去了。他们先是来到了卫太利扔自行车的地方，看着波涛汹涌的大海，他们一行人等站在那里，你看看我，我看看你，谁也没有说话，

☆就在此时，赤卫伯和甜女急步跑上楼报告：卫太利他没去东港！单车扔在海边，人不见了！区英才气愤地说："驾船外逃了！"

靓仔也在其中，他也没有说话，这时区英才看了一眼大家说道："要想在南海上筑起铜墙铁壁，就要在思想上筑起一条万里长城。"

此时，卫太利正和王中王、何从一起坐在橡皮船上，正在海上漂游。何从看着卫太利问道："大南港共军有多少兵力？"卫太利说道："基干民兵连的一个排！"何从接着问道："什么武器？"卫太利说道："杂牌。"何从接着问道："弹药呢？"卫太利说道："不足。"何从接着问道："民兵的头目是谁？"卫太利说道："区英才。"何从接着问道："区英才，是个什么官？"卫太利说道："一个小小的民兵连长，当了几年的共军，才熬了个上士班长。"王中王说道："一个穷苦劳力领着一群烂民兵！"何从叹口气说："差点钻进了罗网！卫老先生，要不是您及时赶到，我们早成了区英

☆此时，卫太利正和王中王、何从一起坐在橡皮船上，在海上漂游。何从叹口气说："差点钻进了罗网！卫老先生，要不是您及时赶到，我们早成了共军的俘虏了！"

才的俘虏了！"卫太利听何从这么给自己说话，微笑着说道："司令过奖了。"

王中王坐在那里，颇有感慨地说道："没想到区家那个仔，倒成了大南港的能人了！我真后悔，当初那一刀……哎！"此时兰继之又收到台湾来电："你等行动迟缓，本应重处。现着令避实就虚登上大陆，戴罪立功，不咎既往，违抗者，杀勿赦。"听到避实就虚，何从若有所思地对王中王说道："王副司令，眼下我们是漏网之鱼，还是先回6699，再另找机会吧。"这时兰继之说道："干脆，咱们先去香港吧。"王中王的意见却是不同的，他听了大家的建议，忙说道："不！不！我就不信他们能把整个南海变成铜

☆王中王说："没想到区家那个仔，倒成了大南港的能人了！我真后悔，当初那一刀……哎！"此时又收到台湾来电："着令避实就虚登上大陆，戴罪立功，不究既往，违抗者，杀勿赦。"听到避实就虚，何从要回敌特船，兰继之要去香港，卫太利说："父老乡亲都盼望诸位回去掌印哪！"何从打开地图，王中王指着一处"找个空子钻上去！"

墙铁壁！"接着他看了卫太利说道，"哼！有个这样的老朋友，还愁无法施展！"卫太利看着王中王见势说道："父老乡亲们都盼望诸位回去掌印哪！"这时何从打开地图，说道："这倒是一线希望！"王中王看了看地图，指着一处说道："找个空子钻上去！"

清晨，波涛滚滚向着金星岛的海滩卷去，岛上五星红旗迎风招展。金星岛钟阿婆家。钟阿婆家在金星岛的一角。悬崖下有一渗出的山泉小池，池边有一渔家。渔家所住的是一船形小屋。原来这一带渔民祖祖辈辈都是住在海边的船上。解放后，渔民才开始上岸起屋安家，初时只是把木船原封不动地搬到岸上打桩架屋。钟家的船形屋已经数度改建，门比舱口大了许多，门前还修上了水泥台阶，圆拱形的屋顶上已经钉上了油毛毡，船首有一个小阁楼，船本

☆清晨，波涛滚滚向着金星岛的海滩卷去，岛上五星红旗迎风招展。刚升完旗的钟阿婆抱着小兵："小兵，毛主席今天要上天安门喽！"这时，生产队长派两个渔家小姑娘给钟阿婆送来鲳鱼。

身是双层叠楼式，颇有特点。船形屋前悬挂着一面五星红旗。刚升完旗的钟阿婆来到阿螺的跟前。看着阿螺抱着的小兵说道："小兵，毛主席今天要上天安门喽！"说着从阿螺的手里把小兵接了过来，俩人都高兴得哈哈大笑了起来。这时，生产队长派两个渔家小姑娘给钟阿婆送来鲳鱼。渔家小姑娘走在门口大喊着："阿婆！阿婆！"听到喊声的阿婆手里抱着小兵赶紧迎了出来，看到两个渔家小姑娘，阿婆热情地说道："来啦！"其中一个渔家姑娘拿起篮子里的鱼对阿婆说道："这是我们生产队长让我们给你家送的鲳鱼。"阿婆从渔家小姑娘的手里接过来鲳鱼，赶紧说道："好！快进屋坐吧。"渔家小姑娘微笑着说道："走啦！不啦！还得给那几家送去呢。"阿婆拿着鱼乐呵呵地笑个不停，这时阿螺抱着孩子，追上几步对两个渔家小姑娘说道："有空来玩啊！"两个渔家小姑娘答应着走开了。

　　钟阿婆看着手里的鲳鱼，感慨地对阿螺说道："如今有人把新打来的鲳鱼送到家里……"说完钟阿婆叹了一口气，把鲳鱼放在了一边，她手里拿起一个筐子，接着说道："十七年前，也是这么个早上，你阿爸叫王中王逼着去三杯酒钓鲨，连船带鱼都卷进了漩涡……再也没回来！"阿螺看钟阿婆说着又要伤心了，她把手里抱着的小兵放在了摇篮里，看着阿妈说道："妈，别说这些了，今天……"这时钟阿婆听了女儿的劝，摇了一下手，说道："对，不说啦，不说啦，今天咱们高高兴兴地过个国庆节！"阿螺听了钟阿婆的话，又忙补充地说道："还有家庆节！"钟阿婆听阿螺这么一说，一扬手说道："哼！又搅舌头根子。"说完钟阿婆坐在了一个小板凳上，开始忙着手里的活，这时阿螺站在摇篮边，晃着躺在摇篮里的小兵，这时钟阿婆边忙着，边对着阿螺说道："你呀，真下的了狠心，一甩手走了，趁早回去啊！给英才赔个不是。"

☆钟阿婆感慨地对阿螺说:"如今有人把新打来的鲳鱼送到家里……十七年前,也是这么个早上,你阿爸叫王中王逼着去三杯酒钓鲨……再也没回来!"阿螺说:"妈,别说这些了,今天……""对,今天咱们高高兴兴地过个国庆节!"阿螺忙说:"还有家庆节!"钟阿婆转而又劝阿螺趁早回去给区英才陪个不是。

阿螺这时不晃着摇篮里的小兵了,来到钟阿婆的旁边,拿起了地上的一把伞,听了钟阿婆的话,心里还是很生气地说道:"叫我给他赔不是,这口气我咽不下,你是没有听见,他昨天把我给骂的。"说着阿螺打开手里的伞,去给小兵罩着去了,这时钟阿婆说道:"少了,轻了,我看骂得还不够。"阿螺给小兵罩好了伞,继续站在那儿晃着摇篮,听了钟阿婆说的话,阿螺不服气地说道:"哼,就知道疼女婿!"钟阿婆坚持自己的道理说道:"谁对我就疼谁。我还想多骂你几句呢!英才他当民兵连长,你正好照料家务,叫他一心一意地保护住咱们的好日子!前两年不就是你老在我跟前夸他什么一心为集体,一心向着党吗?怎么你和他成了亲，生了小兵，过上了两天小日子，就想把英才给霸占起来，叫他一心只为家啦？阿螺，我都替你害羞……你，你不像我们钟家的人！英才不回岛过节，我看就对。敌人就像海里的鱼，一网能捞光啊？咱们解放军摆下的是张大网，可要兴起这全民皆兵，咱这网，就更大，更密实。"阿螺来到了钟阿婆的跟前，拿了个板凳坐下来了，这时钟阿婆又说起了往事："刚解放那年，有几个坏蛋装成是渔民遇了险，到这儿来借渔船，想去西港湾。我一看就觉得不对，那个时候你和甜女还小呢。我就对英才说，快去，拿着斧子去修修船，完了好送这几位去西港湾！英才一听就明白了，驾上船就上了大南港，带着民兵来把几个坏蛋给收拾了！"

☆阿螺不服气："哼，就知道疼女婿！"钟阿婆说："谁对我疼谁。英才不回岛过节，我看就对。敌人就像海里的鱼，一网能捞光啊？"她又说起往事，"刚解放那年，有几个坏蛋装成渔民遇了险，到这儿来借渔船。我就对英才说，拿着斧子去修修船！英才一听就明白了，驾上船就上了大南港，带着民兵来把几个坏蛋给收拾了！"

阿螺听了钟阿婆的话，还是一肚子的气，站起来说道："晓得！他聪明！他厉害！他招人疼！我要碰上这事呵，不比他差！"钟阿婆看着一嘴硬气的阿螺说道："哼！嘴头子硬能算是本事啊？"接着钟阿婆瞪了一眼阿螺，教训她说道："你呀，有了小家就忘了国家，有了小兵就忘了当兵，这哪还像我们钟家人，嗯？回去，把孩子放我这儿！"阿螺边忙着手里的活，边说道："不！我一离开小兵，他那小胳膊小腿就在我眼前晃！"听阿螺这么说，钟阿婆说道："那你就背着他去。英才忙公事，你应该给他当个好帮手！别叫他饥一顿饱一顿的。"阿螺生气地说道："他？我给他做了也不稀罕！"阿螺嘴里还硬着，心里却牵肠挂肚地想着区

☆阿螺还不服气："我要碰上这事呵，不比他差！"钟阿婆教训她说："你呀，有了小家就忘了国家，有了小兵就忘了当兵，这哪还像我们钟家人，嗯？回去，把孩子放我这儿！"阿螺嘴里还硬着，心里却牵肠挂肚地想着区英才："准又是端碗干饭就咸鱼，一边开会一边吃！"

英才，不由得说道："准又是端碗干饭就咸鱼，一边开会一边吃！"

果然，区英才正端着一碗米饭加咸菜，在民兵连部主持开会，只见区英才手里举着筷子给大家说道："咱们大家齐心协力，把这股敌人的去向给摸清楚了，就好下手钓这两条腿的鲨鱼啦！"民兵们争先恐后地发言。看着民兵们都举起了手要发言，这时区英才站起来，招呼着大家说道："嗳！等等！等等！"这时大家都静了下来，区英才看着大家伙又接着说道："咱们先让老江同志给咱们指导指导！"说完，区英才就去给联防指挥部挂电话。打通了电话，区英才说道："喂，我要县委江书记。"接通了江书记的电话，只见江书记说道："好！好！我们正想听听你们的呢。"说完江书记挂下了电话，呵呵笑了起来，他来到正在开会的办公桌前，给在会的大家伙说道："我们的会要暂停一下，区英才他们正在开军事民主会，我们听听。"这儿的会还与联防指挥部连上了线。江书记对区英才说道："英才同志，开始吧。"区英才对着民兵们说道："怎么？刚才像是开了锅，现在首长要听，都成了哑炮了？"这时人群中的甜女发话了："我可不是怕这个，我是担心啊，我这个机关枪一突突啊，就没有你们说的份啦！"这时江书记听了，说道："这准是甜女。"这时赤卫伯说话了："那你就等会再突突，我说两句。打过鱼的人都晓得，鲳鱼撞网能退不退，马脚撞网是能进不进，好渔家是摸准了鱼的脾气，一张单片大网就能把它抓住，对待敌人，也得这样。卫太利和王中王一碰面，他们哪，准不敢来大南港来登陆。那么他们到什么地方去呢？"这时一个女民兵听到这儿，不等赤卫伯把话说完，打断了赤卫伯的话说道："我看他们准是回台湾老窝去啦。"这时坐在窗户边上的一个男民兵说道："可能，那个水鬼说那个司令何从是被我们打怕的老狐狸。又狡猾又胆小"这时另外一个男民兵接着说道:"是这个理。他还敢拿鸡蛋往石头上碰啊?"这时坐在下面的一个女民兵站起来说道:"我不同意。田鸡剥皮眼不闭。敌人后头就是蒋国头催命,本金还没有赔光,不会死心。"这时其他的几个女民兵点头表示同意这个女民兵的意见。这时之前发言的那个男民兵问道:"哎,那你说去哪儿了?"这时一个男民兵说道:"也许嘛,上香港鬼混去了。等机会再来。"这时另一个男民兵说道:"我看哪,也许是散伙啦!"这时一个女民兵指着刚才说话的那个男民兵说道:"嗳,你这个想法可要不得。"那个男民兵问道:"怎么要不得?"女民兵说道:"思想不对头。"区英才听到了这一男一女民兵的对话,他

☆果然,区英才正端着一碗米饭加咸菜,在民兵连部主持开会,让大家分析一下敌人的去向。民兵们争先恐后地发言。这儿的会还与联防指挥部连上了线。江书记他们都听到了大家的发言。最后区英才总结说:"我同意刚才甜女的判断,敌人不会直接去西港湾,一定要在中途搭脚找渔船,这次很可能到金星岛……"

抬头看了看，没有说话。这时那个男民兵又说道："怎么不对头？"这时又一个女民兵站起来说道："依我看，是你的思想散伙了。"其他的人也附和着说道。这时男民兵有点着急了，指着刚才说他的那个女民兵说道："你别扣帽子。"其他的人也在小声地议论着，这时一个男民兵站起来，对着他说道："这怎么能是扣帽子呢？我也不同意你的意见，那敌人要是散伙了，咱们就不用常备不懈了。"这时一位男民兵说道："你这话说得对，敌人要是散伙了，那今天咱们这会也不用开了。"这时候两队互相吵吵了起来，这时甜女大喊一声，制止了大家的互相争吵，大声地说道："好了！好了！别吵了，叫首长怎么听啊！"这时一位男民兵说道："很好听！我看有红火劲，说吧，意见还没有说完呢。"甜女看了看大家说道："好吧，我也放大家一炮。"说着甜女来到了话筒前，冲着话筒说道："说敌人散伙了，我不同意。我认为敌人回台湾，去香港的可能都存在，可是我们也要赌一把，敌人也许会钻我们的空子，避开大南港，从两线交接的西港湾登陆，绕道，钻进百花山。"大家都觉得甜女分析得很有道理，都纷纷点头同意。这时赤卫伯站了起来，说道："嗳，是咱们的半边天说到点上了。"说完大家哈哈都大笑了起来。江书记他们都听到了大家的发言。这时江书记在话筒里问道："英才同志，你的意见呢？"最后区英才总结说："我同意刚才甜女的判断，不过我认为，敌人不会直接去西港湾，因为现在天已经亮了，他怕乘自己的交通工具太暴露，一定要在中途搭脚找渔船，根据海上的航程距离，王中王和卫太利掌握的情况来分析，敌人这次找渔船搭脚的地方很可能是金星岛……"

这时，在外值岗的保育员背着枪进来报告："连长，海上流动渔船报告：天亮前发现三条橡皮艇朝金星岛方向开去。"大家听了都惊讶地站了起来，区英才对着对讲机说：

"老江同志，敌人在金星岛不会停留很长时间，我们大南港离金星岛最近，为了不失战机，我们请求指挥部，把消灭这股敌人的战斗任务交给我们连！"民兵们都朝着话筒挤了过来，齐声喊着："对，我们请战！"江书记站起来，看了看桌子上的地图，随后抬头看了看在会的其他同志，立即作了周密部署，他拿起了话筒说道："大南港民兵连的同志们，你们这个会开得好！现在我们决定，由海军远道迂回，截断敌人的海上退路，由沿海居民，封锁西港湾一带的海岸，撒它一张大网，你们连马上先去金星岛，先把这股敌人抓到手心。同志们，完成这个任务，有把握吗？"民兵连的战士们攥起了拳头，大声地喊道："保证完成任务。"大南港民兵们接受了任务，纷纷背着枪向门外跑去。

☆这时，在外值岗的保育员背枪进来报告："海上流动渔船天亮前发现三条橡皮艇朝金星岛方句开去。"区英才对着对讲机说："老江同志，我们大南港离金星岛最近，请求指挥部，把消灭这股敌人的任务交给我们连！"民兵们齐声喊着："对，我们请战！"江书记立即作了周密部署，大南港民兵们接受了任务，纷纷背着枪向门外跑去。

　　看着一个个民兵都拿着枪走了，靓仔在门口焦急地望着，见区英才过来了，只见他看着区英才恳切地请求说："英才哥，跟我们排长说说，等打完这一仗再处分我吧！"

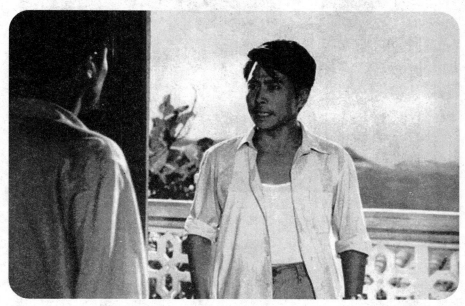

☆靓仔在门口焦急地望着，见区英才过来了，恳切地请求说："英才哥，跟我们排长说说，等打完这一仗再处分我吧！"

　　甜女把靓仔的枪交给区英才，区英才将枪一把扔给了靓仔，命令道："上船！用战斗庆祝国庆！"

　　大南港的广播喇叭播送着《东方红》乐曲和天安门广场游行队伍的口号声。码头边，三艘机帆船并排，民兵们在船上持枪挺立。大家举手高呼道："毛主席万岁！毛主席万岁！毛主席万岁！"区英才站在船的夹板上，看着大家激动地说道："同志们，伟大的领袖毛主席正在天安门城楼上望着我们哪！我们要为保卫无产阶级专政而战斗，我们做到了招之即来，这还不够，我们还要做到——"民兵们顺着区英才的话高呼道："来之能战，战之能胜！"随后区英

☆甜女把靓仔的枪交给区英才，区英才将枪一把扔给了靓仔，命令道："上船！用战斗庆祝国庆！"

☆大南港的广播喇叭播送着《东方红》乐曲和天安门广场游行队伍的口号声。码头边，三艘机帆船并排，民兵们在船上持枪挺立。区英才激动地说："同志们，毛主席正在天安门城楼上望着我们哪！我们做到了召之即来还不够，我们还要做到——"民兵们高呼："来之能战，战之能胜！""好，出发！"

才看着大家，大声地喊道："好，出发!"

　　三只机帆船在海上疾驰。"南港民兵连"的红旗迎风招展，区英才、甜女、靓仔等人肩上扛着枪，迎风挺立船头。广播里传来天安门前阅兵式的喊声。

☆三只机帆船在海上疾驰。"南港民兵连"的红旗迎风招展，区英才、甜女、靓仔等人肩上扛着枪，迎风挺立船头。

金星岛上，阿螺在船屋外的树阴下一边织渔网，一边收听着收音机里播送的天安门国庆游行的实况。

☆金星岛上，阿螺在船屋外的树阴下一边织渔网，一边收听着收音机里播送的天安门国庆游行的实况。

就在此时，化了装的何从和兰继之贴着船屋走近阿螺。兰继之看了看正在织着渔网的阿螺，上前招呼道："大姐，首长看你们来了！"阿螺正在那儿忙着，见有人来看自己，就连忙站了起来，招呼道："嗳。"这时何从从后面走过来了，兰继之指着何从继续说道："这位首长是来……"何从没等兰继之介绍完自己，就忙接过话茬，看着阿螺说道：
"深入下层，了解民情。"听了何从和兰继之的介绍，阿螺
忙起身，放下网具，冲着里面大声地喊道；"阿妈！"钟阿
婆听到阿螺喊自己，大声地答应着。钟阿婆走出屋，阿螺
冲着钟阿婆指着兰继之和何从说道："有位首长来了。"何
从见钟阿婆走出来了，赶紧上前招呼道："阿婆。"钟阿婆
走下台阶，忙说道；"哎呀！首长来了。"何从看着钟阿婆
说道："你好！"钟阿婆挺热情地招呼着："好！快请坐。"
钟阿婆笑呵呵地招呼着客人坐下，这时何从说道："别客
气，别客气！"钟阿婆走到桌子边说道："先歇歇，我去烧
点功夫茶！"何从有礼貌地对钟阿婆说道："多谢！多谢！"

☆就在此时，化了装的何从和兰继之贴着船屋走近阿螺。兰继之招呼
　道："大姐，首长看你们来了！这位首长是来……"何从忙接过话茬：
　"深入下层，了解民情。"阿螺忙起身，放下网具，把阿妈喊出来：
　"有位首长来了。"钟阿婆挺热情地招呼着："快请坐，先歇歇，我去
　烧点功夫茶！"

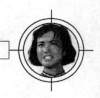

钟阿婆笑着去烧水去了。

何从趁钟阿婆和阿螺没看见，上前拍了拍兰继之的胳膊，示意兰继之去警戒。兰继之赶紧到一边警戒去了。何从这时走到了桌子边，正好这时阿螺走过来，阿螺看着何从热情地招呼道："首长，快请坐。"何从笑着坐了下来，说道："别客气！"阿螺手里拿着一个桌布铺在了桌子上，这时何从看着阿螺问道："这里政府工作怎么样？"阿螺看着何从笑呵呵地说道："好呵！"何从接着又问道："你们的生活呢？"阿螺不假思索地回答："好！"何从听了之后，有点纳闷地问道："都是好，什么问题也没有？"阿螺想了想说道："问题？问题倒有一个……"何从指着阿螺说道：

☆何从趁她俩没看见，示意兰继之去警戒。何从这边就和阿螺聊开了："这里政府工作怎么样？""好呵！""你们的生活呢？""好！""都是好，什么问题也没有？"阿螺想了想说："问题倒有一个……首长，和平建设都这么多年了，可小兵他阿爸……"何从问："他叫？""区英才！"阿螺不经意地回答。何从、兰继之听了心中一惊。

"讲一讲吗？有多少讲多少……"阿螺坐下来，看着何从说
道："首长，你说说，和平建设都这么多年了，怎么还老是
放哨，查海，订夜操啊？"何从听着阿螺的抱怨，点点头说
道："是啊，是啊……"阿螺接着说道："可小兵他阿
爸……"何从看着阿螺问道："他叫？"没等何从问完，阿
螺看着何从脱口而出，说道："区英才！"阿螺不经意地回
答，何从、兰继之听了心中一惊，何从不由得"哦"了一
声，而兰继之则瞪大了双眼，惊讶地说道："区英才！"何
从接着说道："哦，你就是大南港民兵连长区英才的——
呃，爱人？"阿螺听他这么一说，有点不好意思地说道：
"嗳，什么爱人！他是我老公，我是他老婆！他呀就是一张
嘴就是：同志们，我们不能光顾着自己的小家家儿，不能
忘记了在海的那边，还有个妖魔鬼怪！"何从一听，惊讶地

☆阿螺又有点自豪又有点嗔怪的语气说："大南港的民兵大连长！他呀，一张
嘴就是帝国主义和蒋该死那伙反动派还不死心，要常备不懈！不死心，
这我懂，可那些残兵败将还敢来吗？他哪来那么大狗胆子！"

问道："妖魔鬼怪?"阿螺接着说道："啊,就是美国鬼子和蒋介石那些反动派!说什么他们连做梦都想夺我们的江山,害我们的孩子!哎,首长,你说说,哪儿有那么些妖魔鬼怪呀!"何从说道："呃,有,当然是有的……不过,他说的也太大惊小怪,草木皆兵啦!"

阿螺真是一点防备也没有,也根本就没有发现何从和兰继之脸上表情的明显变化,只见她又有点自豪又有嗔怪的语气说道："大南港的民兵大连长!他呀,一张嘴就是帝国主义和蒋该死那伙反动派还不死心,要常备不懈!不死心,这我懂,可那些残兵败将还敢来吗?他哪来那么大狗胆子!"

何从听了阿螺的话哭笑不得,语无伦次地说道："是啊,是啊,不必草木皆兵嘛。"

☆何从听了阿螺的话哭笑不得,语无伦次地说:"是啊,是啊,不必草木皆兵嘛。"

阿螺听了何从说的话，倒纠正起何从来了，认真地说道："哎，不是草木皆兵，他说的是全民皆兵！"何从也不知道该怎么接着阿螺的话了，只是敷衍道："哦，全民……皆兵！"阿螺说完看着何从笑了起来，接着阿螺看着何从又说道："首长要能见到我那口子，最好给他开开窍。"何从连声答应："对对对，我开导开导他。"阿螺站起来，正想要离开，这时何从叫住了阿螺，问道："哎，大姐，你家有船吗？"阿螺一听忙说道："船？有啊！两位首长要过海。"这时何从对阿螺说道："哦，去西港湾。船要大一点，我还有二十几个随员。"

☆阿螺倒纠正起何从来了："哎，不是草木皆兵，他说的是全民皆兵！"何从敷衍道："哦，全民……皆兵！"阿螺又说："首长要能见到我那口子，最好给他开开窍。"何从连声答应："对对对，我开导开导他。"

钟阿婆正在屋里烧功夫茶。听到外面何从问阿螺有没有船，打算要去西港湾，还说自己有二十几个随员。这些话引起了钟阿婆的注意，她赶紧端着功夫茶具出了门。这时阿螺对何从说道："哦，那得坐岛上的公用船。"接着阿螺冲着烧水的钟阿婆喊道："阿妈!"钟阿婆答道："我在这儿呢!"

☆钟阿婆正在屋里烧功夫茶。听到外面何从问阿螺有没有船，打算要去西港湾，还说自己有二十几个随员。这些话引起了钟阿婆的注意，她赶紧端着功夫茶具出了门。

钟阿婆对着前来接着茶壶的阿螺说道："瞧我这个傻女儿，这客人上岛，茶没有喝一口，鱼没有尝一勺，就提了一大堆问题。"钟阿婆边埋怨阿螺不会招待客人，边装作闲聊试探着对方："还急着撵着客人走。"这时何从举着手说道："没什么! 没什么!"这时钟阿婆接着说道："就不如我那小女儿，连壶功夫茶都不会泡。"这时阿螺嗔怪着钟阿婆在首长面前说自己的不是了。阿螺大声地说道："干这个我比甜女强!"这时钟阿婆坐下来，看着何从问道："首长是坐什么船来的呀?"何从简单地回答道:"一般船。"这时站在何从旁边的兰继之说道:"触礁啦!"何从接着说道:"哎呀!多亏碰上了顺路的渔船,才把我们送上了这金星岛啊!"钟阿婆听了之后,叹了一口气,说道:"嗨,这渔船也真是的,救人救到底嘛!怎么也不把你们直接送上西港湾就走了呢?"何从只得继续编着瞎话说道:"呵呵,他们忙,发现了鱼群,急着下网。"说完何从呵呵笑了起来,钟阿婆一听明白了,她接着说道:"哦,我说呢,渔家见了鱼群是急着下网。"这时阿螺把茶端了上来,钟阿婆给何从说道:"哦,这是本地特产凤凰茶。"说着端了一个茶杯递到了何从的面前,何从接过茶,说道:"请!"钟阿婆斜着眼

☆钟阿婆边埋怨阿螺不会招待客人,边装作闲聊试探着对方:"首长是坐什么船来的呀?怎么也不把你们直接送上西港湾呢?"何从和兰继之只得接着编瞎话:"我们的机帆船触礁啦!又搭上了顺路的渔船,他们忙,发现了鱼群,急着下网,就把我们先送上了这金星岛了。"阿婆顺势问:"是下网网鲨鱼吧?"

看了一眼站着的兰继之，也顺手端了一杯茶，站起来送到了兰继之的面前，说道："请！"阿婆看着兰继之顺势问道："是下网网鲨鱼吧？"

兰继之看着钟阿婆回答道："对对对，就是网鲨鱼，又多又大！他们一网下去就捞了几千斤哪！"阿螺听了笑着说："瞧你说的，鲨鱼哪能下网，得先下钓钩，再用镖一条一条往上拉！"何从立即呵斥兰继之："没看清楚不要胡说，我明明看见他们是钓鲨嘛！"这时兰继之忙着解释道："是啊！我这眼睛……"

☆兰继之回答："对对对，就是网鲨鱼，又多又大！他们一网下去就捞了几千斤哪！"阿螺听了笑着说："鲨鱼哪能下网，得先下钓钩，再用镖一条一条往上拉！"何从立即呵斥兰继之："没看清楚不要胡说，我明明看见他们是钓鲨嘛！"

钟阿婆看出了对方的破绽，忙笑着说道："好吧，既然是这样，你们两位就别急了。来，来，来，先喝茶！"何从问："那船……"钟阿婆说："船有！哎呀！就是有点小漏洞，回头叫我这傻女儿去补一补，就送你们走！"

☆钟阿婆看出了对方的破绽："既然是这样，你们两位就别急了。先喝茶！"何从问："那船……"钟阿婆说："船有！就是有点小漏洞，回头叫我女儿去补一补，就送你们走！"

    正在织渔网的阿螺听到阿妈和兰继之、何从他们的对话，不觉心头一怔。这时何从站起来对着钟阿婆说道："那就太好啦！"钟阿婆对阿螺说道："那就快去吧。"

    钟阿婆见阿螺愣在了那里，还是不动，就对阿螺说道："你还傻愣着干什么？"她走到阿螺身边，从地上拿起一把斧子，给阿螺使了一个眼色，语带双关地说："快去，学学那个招人疼的，拿着斧子，修修船！"

    阿螺完全明白了，她从钟阿婆手里接过斧子，语意深长地说："阿妈，我一定把漏洞堵上！"说完疾步离开船屋，

☆正在织渔网的阿螺听到阿妈和兰继之、何从他们的对话，不觉心
头一怔。

☆钟阿婆对阿螺说："你还傻愣着干什么？"她走到阿螺身边，从地
上拿起一把斧子，给阿螺使了一个眼色，语带双关地说："快去，
学学那个招人疼的，拿着斧子，修修船！"

☆阿螺完全明白了，她从钟阿婆手里接过斧子，语意深长地说：
"阿妈，我一定把漏洞堵上！"说完疾步离开船屋，向海边走去。

☆何从等阿螺修船，坐在桌边烦躁地敲着香烟盒，兰继之像热锅上
的蚂蚁，不停地对着何从指手表。钟阿婆为了稳住他们，端着酒
和鱼过来。

向海边走去。

何从等阿螺修船，坐在桌边烦躁地敲着香烟盒，兰继之像热锅上的蚂蚁，不停地对着何从指手表。钟阿婆为了稳住他们，端着酒和鱼过来。

钟阿婆举起酒瓶："等急了吧？放心，误不了公事，先喝杯五加皮，再吃点烤鱿鱼，一会儿那鲳鱼就好了，不能叫两位空着肚子上船啊！"兰继之看着热情的钟阿婆，忙说道："不了，阿婆，我们有急事！"钟阿婆看着兰继之说道："急事？不就是来征求意见吗？"这下兰继

☆钟阿婆举起酒瓶："等急了吧？放心，误不了公事，先喝杯五加皮，再吃点烤鱿鱼，不能叫两位空着肚子上船啊！"兰继之："不了，阿婆，我们有急事！"钟阿婆说："急事？不就是来征求意见吗？不急，不急。"何从问："阿婆，那船……"钟阿婆说："别急，修好了就送你们走！哎，先听听收音机吧，天安门正在国庆游行呢！我那锅里还烧着鱼哪！"

之没有话了，只得点头说道："是！是！"说着钟阿婆笑了起来，把手里端着的吃的放在了桌子上，这时兰继之也坐下来了。何从看着钟阿婆说道："老人家，你也别忙了，快坐下吧，讲讲你的疾苦。"钟阿婆看着他们说道："疾苦？那都是旧社会的事了，现在，我们是紫皮甘蔗蘸着荔枝蜜露，那是香甜上面加香甜呢。"说着何从不时地回头看着阿螺修船，这时钟阿婆接着说道："哎，你们听说过我们渔歌里唱的吗……"说着钟阿婆唱着坐了下来，何从像热锅上的蚂蚁，坐都坐不住，听着阿婆唱完，他着急地问道："阿婆，那船……"钟阿婆说："别急，修好了就送你们走！哎，这好日子都是毛主席给我们的。你们先听听收音机吧，天安门正在国庆游行呢！我那锅里还烧着鱼哪！"

☆钟阿婆又回船屋去了，小桌旁只留下何从、兰继之，收音机里传出天安门广场游行的队列口号声："提高警惕，保卫祖国！…'我们一定要解放台湾！"何从越听越紧张，实在烦躁透了，拉着兰继之起身就走："去，看看船去！"

钟阿婆又回船屋去了，小桌旁只留下何从、兰继之，收音机里传出天安门广场游行的队列口号声："提高警惕，保卫祖国！""我们一定要解放台湾！"何从越听越紧张，实在烦躁透了，拉着兰继之起身就走："去，看看船去！"

第十二章

金星岛击溃敌军

钟阿婆站在平台上喊着："哎，吃了饭再走嘛！"忽然，她看见有一群人从海边走来，神色紧张起来。

☆钟阿婆站在平台上喊着："哎，吃了饭再走嘛！"忽然，她看见有一群人从海边走来，神色紧张起来。

原来是王中王和一伙匪徒推着阿螺迎面走来，后面还跟着卫太利。王中王边走边嚷："何司令，你还在这里废话！看，她正想去报信！"何从一惊："啊？她没有去修船?"

☆原来是王中王和一伙匪徒推着阿螺迎面走来,后面还跟着卫太利。王中
　王边走边嚷:"何司令,你还在这里废话!看,她正想去报信!"何从一
　惊:"啊?她没有去修船?"

　　仇人相见,分外眼红。钟阿婆高喊一声:"王中王!"
王中王看见钟阿婆,笑了笑说道:"你认得我?噢,你的男
人是我的老部下,给我家驶过船。"钟阿婆看着王中王愤怒
地说道:"给你卖过命。"王中王看着钟阿婆说道:"人哪?"
钟阿婆愤怒地说道:"死啦!"王中王看着钟阿婆凶狠地说
道:"你还活着?"钟阿婆说:"我等着给你收尸哪!"王中
王看着钟阿婆,声色俱厉地说道:"这回该我给你收尸啦!
你们这帮穷鬼想靠着共产党坐江山,哈,这真是白天做大
梦!你老爷王中王又回来啦!"钟阿婆指着船屋上的五星红
旗:"哼!睁开你的狗眼看看,今天,是谁的天下!"王中
王咬牙切齿地:"你们这些渔花子,想靠共产党坐天下,给

我拔下来！"挥手命令匪徒去拔红旗。

☆仇人相见，分外眼红。钟阿婆高喊一声："王中王！"王中王看见钟阿婆，凶狠地说："你还活着？"钟阿婆说："我等着给你收尸哪！"王中王说："我先收你的尸！"钟阿婆指着船屋上的五星红旗："哼！睁开你的狗眼看看，今天，是谁的天下！"王中王咬牙切齿地："你们这些渔花子，想靠共产党坐天下，给我拔下来！"挥手命令匪徒去拔红旗。

　　钟阿婆拿起渔叉厉声吼道："站住！这面五星红旗，就是我们渔家的命根子，你们想拔五星红旗，爪子长得还短点儿！"一句话把匪徒都镇住了。王中王举起大刀，一刀劈去，大叫了一声："啊！"随后王中王喊道："臭娘们儿！给我抓起来！"这时站在一旁的何从说道："王副司令，我们要赶快离开这儿！"就在这时，有特务过来报告："报告，那个娘儿们把船修好了！"何从说道："好！把她俩先带下去！"何从看了看腕上的手表说道："时间已经来不及了，09号还没有回来，不过船太小，我们三个人先……"

☆钟阿婆拿起渔叉厉声吼道："站住！你们想拔五星红旗，爪子长得还短点儿！"一句话把匪徒都镇住了。

☆就在这千钧一发之际，区英才率众民兵从海边椰林、沙滩上冲来。民兵们喊着："杀啊！冲啊！"区英才端着冲锋枪依树射击，匪徒们纷纷中弹倒地。

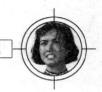

就在这千钧一发之际，区英才率众民兵从海边椰林、沙滩上冲来。民兵们喊着："杀啊冲啊！"区英才端着冲锋枪依树射击，匪徒们纷纷中弹倒地。

何从、王中王、兰继之狼狈不堪地从一个土坎上滚滑到一个凹地。何从绝望地问："山穷水尽啦！"王中王指着前边："不，还有一条生路。望夫崖！当初我就是在那上边守了三天三夜等来了接应，到了台湾的。兰台长，带上电台跟我走！"兰继之说，电台藏在那边剑麻丛里了。王中王命令他去拿来，否则枪毙。

☆何从、王中王、兰继之狼狈不堪地从一个土坎上滚滑到一个凹地。何从绝望地问："山穷水尽啦！"王中王指着前边："不，还有一条生路。望夫崖！当初我就是在那上边守了三天三夜等来了接应，到了台湾的。兰台长，带上电台跟我走！"兰继之说，电台藏在那边剑麻丛里了。王中王命令他去拿来，否则枪毙。

区英才、赤卫伯带着民兵冲过来，甜女向区英才报告：

☆区英才、赤卫伯带着民兵冲过来，甜女向区英才报告："刚才我们抓了个俘虏，他说王中王钻到望夫崖去啦！"区英才不屑地："老海匪！还想耍他当年的老花招！赤卫伯，我们上望夫崖！"同时命令甜女，"你们留下，消灭这股敌人！"民兵们分成两路追击敌人。

☆"轰隆"一声，野菠萝丛中一发渔炮爆炸。甜女和靓仔持枪隐蔽在树丛中。靓仔大声喊："快投降吧，不然老子又要开炮啦！"野菠萝丛中一条白毛巾晃动着。甜女看了看对靓仔说："叫他们举着手出来。"靓仔又喊道："把手举起来！出来！"

"刚才我们抓了个俘虏,他说王中王钻到望夫崖去啦!"区英才不屑地:"老海匪!还想耍他当年的老花招!赤卫伯,我们上望夫崖!"随时命令甜女,"你们留下,消灭这股敌人!"民兵们分成两路追击敌人。

"轰隆"一声,野菠萝丛中一发渔炮爆炸。甜女和靓仔持枪隐蔽在树丛中。靓仔大声喊:"快投降吧,不然老子又要开炮啦!"野菠萝丛中一条白毛巾晃动着。甜女看了看对靓仔说:"叫他们举着手出来。"靓仔又喊道:"把手举起来!出来!',

匪徒们乖乖地拎着枪,举着手走出来。甜女和靓仔端着枪监视着。突然她喊道:"兰继之!"兰继之转身,一脸

☆匪徒们乖乖地拎着枪,举着手走出来。甜女和靓仔端着枪监视着。突然她喊道:"兰继之!你把电台放哪儿去了?"兰继之谎称不知道。甜女厉声:"什么?你个电台台长,连你混饭吃的家伙放在哪儿都不知道,你是干什么吃的?"说话间,甜女、靓仔的枪口对着兰继之。兰继之不得不交代电台就放在剑麻丛里。

惊讶地看着甜女，说道："你叫谁?"甜女看着兰继之厉声
说道："我叫你，兰继之，你把电台放哪儿去了?"兰继之
谎称不知道。甜女厉声："什么? 你一个电台台长，连你混
饭吃的家伙放在哪儿都不知道，你是干什么吃的?"说话
间，甜女、靓仔的枪口对着兰继之。兰继之不得不交代电
台就放在剑麻丛里。

　　靓仔端着枪，独自来到剑麻丛中，发现有人趴在地上
正在埋电台。他大喝一声："谁? 把手举起来!"

☆靓仔端着枪，独自来到剑麻丛中，发现有人趴在地上正在埋电台。他大
　喝一声："谁? 把手举起来!"

　　　　原来是他的师傅卫太利。靓仔认出对方，非常气愤。
卫太利吓得跪在地上央求靓仔："是靓仔，我是让他们给抓
来的，看在老朋友份上放了我吧!"随后掏出一叠钱，"我
一生的积蓄都给你。趁现在没有人，收下吧!"靓仔恨极
了，骂了声："毒蛇!"一脚踢飞了卫太利手中的钱。

☆原来是他的师傅卫太利。靓仔认出对方，非常气愤。卫太利吓得跪在
地上央求靓仔："我是让他们给抓来的，看在老朋友份上放了我吧！"
随后掏出一叠钱，"我一生的积蓄都给你。趁现在没有人，收下吧！"
靓仔恨极了，骂了声："毒蛇！"一脚踢飞了卫太利手中的钱。

☆望夫崖上，敌人在负隅顽抗。王中王隐藏在巨大的山石后面，指
挥匪徒向崖下射击："打，给我打！"

望夫崖上，敌人在负隅顽抗。王中王隐藏在巨大的山石后面，指挥匪徒向崖下射击："打，给我打！"

　　区英才和赤卫伯他们赶到望夫崖下，以岩石为掩护向崖上的匪徒射击。以王中王为首的匪徒们疯狂向崖下扫射，子弹不停地落在区英才他们身边。为了摆脱地形不利的局面，区英才决定自己从崖后抄上去给敌人个措手不及。他让赤卫伯他们用机枪掩护。

☆区英才和赤卫伯他们赶到望夫崖下，以岩石为掩护向崖上的匪徒射击。以王中王为首的匪徒们疯狂向崖下扫射，子弹不停地落在区英才他们身边。为了摆脱地形不利的局面，区英才决定自己从崖后抄上去给敌人个措手不及。他让赤卫伯他们用机枪掩护。

　　区英才抄小路绕到望夫崖后面，用力向上攀登。他手扒石缝，脚蹬石尖，在陡壁悬崖上一步一步奋力攀登。

　　区英才终于攀到崖顶了。他双手在崖边的岩石上用力一撑，支起半个身子观察崖顶的情况。他从背后对正在向

☆区英才抄小路绕到望夫崖后面，用力向上攀登。他手扒石缝，脚
　蹬石尖，在陡壁悬崖上一步一步奋力攀登。

☆区英才终于攀到崖顶了。他双手在崖边的岩石上用力一撑，支起
　半个身子观察崖顶的情况。他从背后对正在向山下射击的匪徒们
　投出了手榴弹。手榴弹在匪群中开了花，王中王大吃一惊，何从
　急忙躲到一块巨石后面藏身。

山下射击的匪徒们投出了手榴弹。手榴弹在匪群中开了花，
王中王大吃一惊，何从急忙躲到一块巨石后面藏身。

区英才一步跳上崖顶，端着冲锋枪向匪徒猛烈射
击。他从岩石上入敌群，"哒哒哒哒"，随着枪响，匪徒
们应声倒地。区英才又独自跟四处逃散的残余匪徒展开
了肉搏战。

☆区英才一步跳上崖顶，端着冲锋枪向匪徒猛烈射击。他从岩石上跳入敌
群，"哒哒哒哒"，随着枪响，匪徒们应声倒地。区英才又独自跟四处逃
散的残余匪徒展开了肉搏战。

区英才以大无畏的精神和顽强的斗志，战胜了众匪
兵。他来到悬崖边，发现了何从。何从惊恐地望着区英
才。区英才拔出匕首。何从吓得向崖边倒退，一脚踩空
坠入海中。

这时，躲在巨石后面的王中王正举枪向区英才射击，
不料，子弹已经打光，于是他扔掉手枪，拔出手杖刀，恶
狠狠地向区英才逼进。

☆区英才以大无畏的精神和顽强的斗志，战胜了众匪兵。他来到悬
　崖边，发现了何从。何从惊恐地望着区英才。区英才拔出匕首。
　何从吓得向崖边倒退，一脚踩空坠入海中。

☆这时，躲在巨石后面的王中王正举枪向区英才射击，不料，子弹已
　经打光，于是他扔掉手枪，拔出手杖刀，恶狠狠地向区英才逼进。

☆区英才也手持匕首，怒目圆睁，步步逼近。王中王终于被区英才
的气势压倒，步步后退。区英才紧握匕首，一步一步将王中王逼
近悬崖边。

☆突然，王中王转身狂跑到崖边，丢下大刀，跳海逃跑。区英
才紧追其后，跑到崖边，嘴衔匕首，飞身跃入海中。

区英才也手持匕首，怒目圆睁，步步逼近。王中王终于被区英才的气势压倒，步步后退。区英才紧握匕首，一步一步将王中王逼近悬崖边。

　　突然，王中王转身狂跑到崖边，丢下大刀，跳海逃跑。区英才紧追其后，跑到崖边，嘴衔匕首，飞身跃入海中。

第十三章

三杯酒上全歼敌

黄昏时分，甜女、钟阿婆、赤卫伯、阿螺、靓仔及大
南港的民兵们站在望夫崖顶上，焦急地望着大海，搜寻着
王中王和匪徒们的踪迹，也在为区英才担心。钟阿婆一手
持渔叉，一手拿着王中王的手杖刀，无比仇恨地说："孩子
们，可不能叫王中王跑了呀！"赤卫伯、钟阿婆根据气象、

☆黄昏时分，甜女、钟阿婆、赤卫伯、阿螺、靓仔及大南港的民兵们站在
　望夫崖顶上，焦急地望着大海，搜寻着王中王和匪徒们的踪迹，也在为
　区英才担心。钟阿婆一手持渔叉，一手拿着王中王的手杖刀，无比仇恨
　地说："孩子们，可不能叫王中王跑了呀！"赤卫伯、钟阿婆根据气象、
　海潮情况判断，匪徒们是逃往三杯酒了，区英才也可能在那里。

海潮情况判断，匪徒们是逃往三杯酒了，区英才也可能在那里。

"三杯酒？"甜女自言自语道。她身后一个男民兵说："那个鬼地方，风大浪险，老辈子讲话：好汉也难过三杯酒呀！"甜女坚定地说："我不算什么好汉，可是倒要再闯闯这三杯酒！出来，我来掌舵！"钟阿婆说："好！阿妈陪着你，上三杯酒！"所有的人都齐声说："上三杯酒！"

☆"三杯酒？"甜女自言自语道。她身后一个男民兵说："好汉也难过三杯酒呀！"甜女坚定地说："我不算什么好汉，倒要再闯闯这三杯酒！"钟阿婆说："好！阿妈陪着你，上三杯酒！"所有的人都齐声说："上三杯酒！"

阿螺也想去三杯酒，她先求甜女："都怪我私心重，瞎了眼，把鬼领进了家，害得英才……我要抓住王中王和那个姓何的，甜女，排长同志，能叫我也去吗？"又含泪祈求钟阿婆帮她说说情。钟阿婆看着阿螺说道："我的好阿螺，是我钟家的人。起来！"

钟阿婆对甜女说："让阿螺回队吧！"甜女把区英才的枪投给阿螺："阿螺同志！"阿螺熟练地把枪接住。甜女下

☆阿螺也想去三杯酒，她先求甜女："甜女，排长同志，能叫我也去吗?"又含泪祈求钟阿婆帮她说说情。

☆钟阿婆对甜女说："让阿螺回队吧!"甜女把区英才的枪投给阿螺："阿螺同志!"阿螺熟练地把枪接住。甜女下令："上船!"阿螺立正答道："是!"众民兵乘风破浪，向三杯酒出发。

令："上船！"阿螺立正答道："是！"众民兵乘风破浪，向三杯酒出发。

夜。三杯酒。接近黄昏，在三杯酒，茫茫大海中三块礁石的一块较大者。波浪滔天，大海在咆哮，传来了关于三杯酒的歌声："啊！三杯酒，十人见了十人愁。风旋浪卷船难走，好汉也难过三杯酒！三杯酒，千年万年你不朽，大海朝你撞一撞，你朝大海吼三吼！"滚滚翻腾的海水冲击着刀山剑树般的礁石。区英才追击王中王也来到三杯酒。他从一块礁石后面跃出，走到一块岩石边，听见有人在讲话。何从已经狼狈不堪，心里已经非常害怕了，他看了看王中王，心有余悸地说道："刚才，那个共产党不会追来吧？"王中王觉得区英才不会追上来，胸有成竹地对何从说道："追，他正在阎王殿追小鬼呢。"何从还是很悲观地说道："噯，我们，也落到了这个绝境！"王中王似乎还不认

☆夜。三杯酒。滚滚翻腾的海水冲击着刀山剑树般的礁石。区英才追击王中王也来到三杯酒。他从一块礁石后面跃出，走到一块岩石边，听见有人在讲话。他拔出匕首，侧耳倾听。"唉！葬身鱼腹啦！"是何从的声音。

输，听了何从说的，反问道："绝境?"区英才拔出匕首，侧耳倾听。"唉！葬身鱼腹啦！"是何从的声音。

王中王和何从倒在礁石上。他俩在相互责怪埋怨。"都怪你胆小如鼠！"王中王说。何从说："你刚愎自用！"王中王又说："你有意通敌，想投降共军！拿我们做见面礼！"何从大怒："住口！你真是一条疯狗……谁给你权力这样说话?"王中王得意地："情报局老板，蒋太子的全权代表！上司早就怀疑上你了！"何从无奈地："原来……如此！"

☆王中王和何从倒在礁石上。他俩在相互责怪埋怨。"都怪你胆小如鼠！"王中王说。何从说："你刚愎自用！"王中王又说："你有意通敌，想投降共军！拿我们做见面礼！"何从大怒："住口！你真是一条疯狗……谁给你权力这样说话?"王中王得意地："情报局老板，蒋太子的全权代表！上司早就怀疑上你了！"何从无奈地："原来……如此！"

正说着，海边传来摩托声。王中王听到惊讶地说道："船！"何从喜出望外："啊！6699派人来接我们来了。"何从惊喜地问道："我们的！"王中王肯定地说道："我们的！"

何从说道："来啦?"王中王肯定地说道："来啦!"何从担心地说道："可是他们看不到我们?"王中王说道："我到那第二杯酒,把他们招呼过来!"何从说道："好,快去快来!"王中王说道："包在我王中王身上啦!"二人向岸边跑去。几个匪兵正在修理撞坏了的橡皮艇。王中王走过去催他们快修。

☆正说着,海边传来摩托声。何从喜出望外："啊!6699派人来接我们来了。"二人向岸边跑去。几个匪兵正在修理撞坏了的橡皮艇。王中王走过去催他们快修。

何从偷偷跑到一块礁石旁,熟练地拨动对讲机："6699,6699我是何司令,听到我的命令……"突然,区英才手握匕首,从一块大礁石上飞身跃下,厉声命令何从:"清点人数,向我投降!"何从吓了一跳,然后故作镇静地说:"喝!你个小小的民兵连长……嘿嘿,你的夫人还让我开导开导你呢!"区英才说道:"她要是知道你们是谁,你就知道她会怎么开导你啦!"何从说道:"这个我还不知道,不过,我知道她决不希望你做这样的无畏牺牲……你死了,

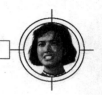

她们可就成了孤儿寡母啦!"何从又用生命担保区英才到台湾可以当官发财。区英才看着何从,一脸严肃地说道:"到处是人民的江山,到处是人民的武装,你们还想上来再骑在我们头上?哼!妄想!不过,上门儿送礼嘛,我们还是鼓掌欢迎。说实话,我还真怕你们再也不来啦,那我们就该停工待料啦!"何从一时语塞地说道:"那,那……我们就回台湾!"区英才问道:"什么,回台湾?"何从认真地说道:"嗯,我们还要把你给戴上,去台湾!"区英才一字一句地说道:"台湾,我是要去的!"何从听了之后,非常高兴地说道:"太好啦!只要你跟着我们去台湾,归顺了我们,我可以授你一个——少校!"

☆何从偷偷跑到一块礁石旁,熟练地拨动对讲机:"6699,6699我是何司令,听到我的命令……"突然,区英才手握匕首,从一块大礁石上飞身跃下,厉声命令何从:"清点人数,向我投降!"何从吓了一跳,然后故作镇静地说:"喝!你个小小的民兵连长……嘿嘿,你的夫人还让我开导开导你呢!"何从又用生命担保区英才到台湾可以当官发财。

区英才步步紧逼何从："你用生命给我担保?! 少将司令，请问，你自己的生命谁来担保? 海鲨特遣队覆灭的责任谁来承担? 王中王那条负有特殊使命的疯狗他饶得了你吗?"区英才又向何从指出一条生路："把你们那个万利6699，还有三支队统统调到这儿来! 向人民投降! 立大功，还可以受奖!"

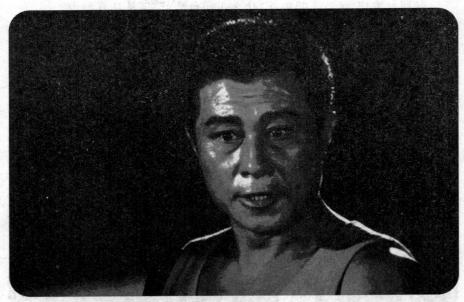

☆区英才步步紧逼何从："你用生命给我担保?! 少将司令，请问，你自己的生命谁来担保? 海鲨特遣队覆灭的责任谁来承担? 王中王那条负有特殊使命的疯狗他饶得了你吗?"区英才又向何从指出一条生路："把你们那个万利6699，还有三支队统统调到这儿来! 向人民投降! 立大功，还可以受奖!"

区英才说道："嗯，我倒可以给你指出一条光明大道!"何从心有所动，又战战兢兢地问："啊? 我这样的人也有生路吗?"区英才认真地说道："跟着我们走!"何从说道："哦。"区英才说："当然，放下武器，停止抵抗，是你们的唯一生路!"何从问道："什么?"区英才说道："我可以给你担保，给你……"何从迫不及待地问道："什么?"区英

才认真地回答：“活命！我以一个普通民兵的人格担保：给你活命。”何从反问道：“活命？”区英才说道：“立大功，我们还可以给你奖励哪！”何从疑惑地：“啊！谁说的？”区英才回答：“毛主席！”“噢！……”何从一震，说道：“毛……”区英才说道：“你好好想想吧！我记得他还讲过这样的话：为人民利益而死，就比泰山还重；替法西斯卖力，替剥削人民和压迫人民的人去死，就比鸿毛还轻！鸿毛，懂吗？”何从说道：“我懂，我当然懂……我这个将军用不着你来给我洗脑筋！”区英才说道：“好啦！你要觉得这话对，就照着办。你要是还想玩命，那就再玩一下！不过，你们早晚都得被消灭！这儿是我们祖国的岛屿，四下里都是我们的船，正在搜查你们，你们跑不了啦！”区英才接着说道：“看，我们的船开来啦！”何从惊讶地说道：“共产党的船？”这时有特务过来报告：“发现共军炮艇！”何从大惊

☆何从心有所动，又战战兢兢地问：“我这样的人也有生路吗？”区英才说：“当然，放下武器，停止抵抗，是你们的唯一生路！”何从疑惑地：“啊！谁说的？”区英才回答：“毛主席！”“噢！……”何从慢慢地举起双手。

失色地说道："炮艇！"何从慢慢地举起双手。

军民联防指挥船正在海上搜索行进。江书记向报务员下达指令："命令'南港三号'加速向三杯酒前进！"

☆军民联防指挥船正在海上搜索行进。江书记向报务员下达指令："命令'南港三号'加速向三杯酒前进！"

"南港三号"乘风破浪，宛如一匹脱缰的骏马，快速向着三杯酒方向奔驰而去。甜女掌着舵，复诵着命令："是！加速向三杯酒前进！"

此时，在三杯酒，匪兵们已经将修好的橡皮艇抬入水中，王中王吆喝着众人赶快上船。区英才突然出现在一块大礁石上，他右手握着手榴弹，大喝一声："站住！举起手来！"

遭到灭顶之灾的王中王还在负隅顽抗："区英才，你欺人太甚！"区英才："对你，这是客气的！"王中王声嘶力竭地喊着："我跟你同归于尽！"

"请！"区英才拉开手榴弹的导火索。王中王"唰"的

☆"南港三号"乘风破浪，宛如一匹脱缰的骏马，快速向着三杯酒方向
　奔驰而去。甜女掌着舵，复诵着命令："是！加速向三杯酒前进！"

☆此时，在三杯酒，匪兵们已经将修好的橡皮艇抬入水中，王中王
　吆喝着众人赶快上船。区英才突然出现在一块大礁石上，他右手
　握着手榴弹，大喝一声："站住！举起手来！"

☆遭到灭顶之灾的王中王还在负隅顽抗："区英才，你欺人太甚！"
区英才："对你，这是客气的！"王中王声嘶力竭地喊着："我跟你
同归于尽！"

☆"请！"区英才拉开手榴弹的导火索。王中王"唰"的一下卧倒在
地，匪徒们急奔逃命，还有的转身跳入海中。区英才使劲一扔，
手榴弹在橡皮艇上爆炸。

一下卧倒在地，匪徒们急奔逃命，还有的转身跳入海中。区英才使劲一扔，手榴弹在橡皮艇上爆炸。

顿时，杀声震耳。甜女、赤卫伯、钟阿婆、阿螺、靓仔和大南港民兵连的民兵们高喊着"冲啊！""活捉王中王！"冲向"三杯酒"。匪徒们被民兵包围，跪在地上举手投降。

☆顿时，杀声震耳。甜女、赤卫伯、钟阿婆、阿螺、靓仔和大南港民兵连的民兵们高喊着"冲啊！""活捉王中王！"冲向"三杯酒"。匪徒们被民兵包围，跪在地上举手投降。

何从背身趴在石缝里，阿螺端着枪过来．一拉枪栓，何从忙转身举起双手。阿螺看见是何从："你！"区英才赶来，轻轻按下阿螺的枪口，笑着对何从说："这回你看到她用什么来开导你了吧！"阿螺端着枪厉声喊："走！"此时，靓仔跑来向区英才报告："三杯酒都搜遍了，没有找到王中王！"

原来王中王趁着橡皮艇炸后的烟雾弥漫，一头扎到海

☆何从背身趴在石缝里，阿螺端着枪过来，一拉枪栓，何从忙转身举起双手。阿螺看见是何从："你!"区英才赶来，轻轻按下阿螺的枪口，笑着对何从说："这回你看到她用什么来开导你了吧!"阿螺端着枪厉声喊："走!"此时，靓仔跑来向区英才报告："三杯酒都搜遍了，没有找到王中王!"

里。这时在黑沉沉的海水中，王中王独自向前游着。"南港三号"迎面驶来，民兵们站立船头。区英才举手示意，驾驶楼里打开聚光灯向前扫去。

聚光灯的强光射到王中王身上。甜女等人齐喊："王中王!"靓仔上前举枪欲射，被区英才制止。区英才伸手，甜女将鱼镖递给他。

王中王在海中狂游，强光紧紧地追逐着他……区英才"嗖"地一下投出鱼镖，鱼镖正正地叉在王中王胸部。甜女等人齐呼："叉上了! 叉上了!"海面上血水泛起，船上民兵们激动地欢呼。江书记说道："你们打得好啊! 你们这次真正地做到了：招之即来，来之能战，战之能胜啊! 同志

☆原来王中王趁着橡皮艇炸后的烟雾弥漫，一头扎到海里。这时在黑沉
沉的海水中，王中王独自向前游着。"南港三号"迎面驶来，民兵们
站立船头。区英才举手示意，驾驶楼里打开聚光灯向前扫去。

☆聚光灯的强光射到王中王身上。甜女等人齐喊："王中王！"靓仔
上前举枪欲射，被区英才制止。区英才伸手，甜女将鱼镖递给他。

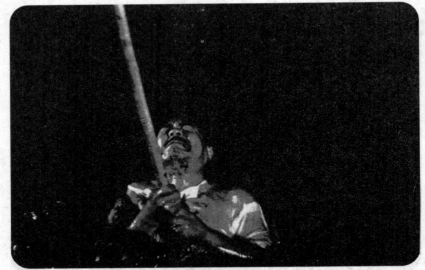

☆王中王在海中狂游，强光紧紧地追逐着他……区英才"嗖"地一下投出鱼镖，鱼镖正正地叉在王中王胸部。甜女等人齐呼："叉上了！叉上了！"海面上血水泛起，船上民兵们激动地欢呼。

☆甜女和赤卫伯欢笑着，钟阿婆和阿螺欢笑着。庆贺大南港民兵连配合海军部队打了个大胜仗！

☆民兵连长区英才神采奕奕，精神焕发，心潮澎湃，满面红光，他
　深情地抬头望向远方。

☆远方天安门广场的五星红旗高高飘扬。天安门广场的华灯齐放，
　广场上空礼花飞舞，光照四方。

们，由于你们的行动迅速，英勇顽强，取得了这次全歼美蒋匪特的大胜利！"这时人群中响起了雷鸣般的掌声。江书记接着又说道："不管什么样的妖魔鬼怪，在我们军民结成的钢铁长城前面一定要碰得头破血流，不论什么样的敌人，终必消灭在这人民的海洋！"

甜女和赤卫伯欢笑着，钟阿婆和阿螺欢笑着。庆贺大南港民兵连配合海军部队打了个大胜仗！

民兵连长区英才神采奕奕，精神焕发，心潮澎湃，满面红光，他深情地抬头望向远方。

远方天安门广场的五星红旗高高飘扬。天安门广场的华灯齐放，广场上空礼花飞舞，光照四方。

电影传奇

作者赵寰小传

　　赵寰，剧作家。原名赵子铺。
奉天安东（今辽宁丹东）人。1953
年加入中国共产党。辅仁大学、燕
京大学新闻系肄业。1949年参加中
国人民解放军，历任军文工团创作
员，广州军区战士话剧团创作组长、
团长、创作指导员。中国文联第四
届委员、第三届理事、第四届常务
理事、广东分会副主席。1948年开
始发表作品。著有电影文学剧本
《董存瑞》（合作，已拍摄发行），小说《董存瑞的故事》
（合作），话剧剧本《南海战歌》（合作），《南海长城》《秋
收霹雳》（执笔）《神州风雷》（执笔）《十年一觉神州梦》
《马克思流亡伦敦》等。电影文学剧本《董存瑞》（已拍摄
发行）获国家文化部优秀剧本奖、莫斯科电影节奖。话剧
剧本《秋收霹雳》《神州风雷》1979年获中华人民共和国建
国三十周年献礼演出创作二等奖。

导演小传

　　李俊（1922－2013），著名导演，山西夏县人。1937年赴延安，在抗日军政大学学习，后在部队从事文化宣传工作，1947年因创作歌颂战斗英雄的歌剧《李鸿基》被评为一等功臣。1951年调入八一电影制片厂任新闻摄影总编室副主任、导演，从事纪录片的拍摄，1959年起任故事片导演，与人合作编导了《回民支队》后，独立执导了一批重要作品，如《农奴》（获1981年马尼拉国际电影节金鹰奖）、《闪闪的红星》、《归心似箭》（获文化部优秀影片奖），并于1991年担任了《大决战》（一、二、三集）总导演，该片先后获得获广电部优秀影片奖、金鸡奖最佳故事片奖、最佳导演奖和百花奖最佳故事片奖等。李俊执导的影片还有《分水岭》、《南海长城》、《许茂和他的女儿》等，其导演风格具有朴素、细腻，构思细腻，富于抒情性的特点。

　　郝光（1924－），导演。1924年2月出生于山东掖县，1940年参加八路军从事文艺工作。曾在《中国人》《群策群力》《雨过天晴》等话剧中担任角色，创作了《千里人骑千里马》等革命歌曲。1950年郝光赴朝作战，任某部团长。1952年调八一电影制片厂任导演。三十多年来参加了纪录片《为全部实现第一个五年计划而奋斗》《救死扶伤的英雄们》《印度尼西亚共和国总统苏和诺博士访问中国》《国际

射击竞赛》《深山除害》等片的摄制工作，导演故事片《黑山阻击战》（与人合作）《英雄虎胆》（与人合作）《县委书记》《十二次列车》《鄂尔多斯风暴》《秘密图纸》（兼编剧之一）《南海长城》（与人合作）《走在战争的前面》（与人合作）《奸细》《女兵》《巍巍昆仑》（上下集与景慕逵合作）等。现为中国电影家协会会员、中国戏剧家协会会员。

改编小传

梁信（1925－），中国电影剧作家。原名郭良信，曾用笔名金城。祖籍山东，1926 年 3 月 2 日生于吉林省扶余县。自幼家贫，7 岁丧父，只读过 5 年小学，即做杂工、学徒自谋生路。1945 年参加中国人民解放军。1946 年加入中国共产党。在解放战争中曾参加多次重大战役。靠自学文化，提高了写作水平，1953 年调中南军区任专业创作员，创作并发表了两个独幕剧。

1958 年去海南岛体验生活，创作了电影文学剧本《红色娘子军》，1960 年由谢晋导演拍成影片，获第 1 届电影百花奖最佳故事片奖，并在雅加达举行的第 3 届亚非电影节上获万隆大奖。此后，又创作了电影文学剧本《碧海丹心》（1962 年拍成电影）、话剧《南海战歌》。

1962 年，梁信调广州部队政治部创作组。1975 年与人合作将话剧《南海长城》改编为电影文学剧本，并创作了电影剧本《特殊任务》。"文化大革命"后，创作了《从奴隶到将军》（上、下集）等电影剧本。梁信的电影创作，坚持了现实主义传统，在电影民族化、大众化方面取得一定成绩。他在《红色娘子军》中塑造的吴琼花、洪常青，在《从奴隶到将军》中塑造的罗霄等人物形象，丰满生动、个性鲜明，具有浓郁的民族特色。梁信还写过不少长短篇小

说，如《龙虎风云记》等。1983 年，梁信获中国人民解放军文艺奖和广东省鲁迅文艺奖。

梁信参与的电影

《西游记》　　…………………………　1956 年

《红色娘子军》　………………………　1961 年

《碧海丹心》　…………………………　1962 年

《南海长城》　…………………………　1976 年

《特殊任务》　…………………………　1978 年

《从奴隶到将军》　……………………　1979 年

《战斗年华》　…………………………　1982 年

《红姑寨恩仇记》　……………………　1988 年

《风雨下钟山》　………………………　1982 年

《主犯在你身边》　……………………　1985 年

编剧小传

董晓华（1930—）编剧、导演。1930 年，他出生于河北丰润农村。1945 年，15 岁时，他在昌黎参加了八路军，入伍后成为冀东军区文工团的小演员，后来随团转战东北和南方战场，最后成为广州军区战士话剧团的主要编创人员。在跟随部队转战东北、渡江南下的数年间，董晓华既当演员，又学文化，逐渐显露出文艺创作的才华。

1950 年，他在南下后与比他年长 5 岁的战友赵寰合作，写出了歌剧《董存瑞》剧本。歌剧《董存瑞》一经上演就赢得了殊荣，当年即在中南军区汇演中获得首奖。1952 年，作为歌剧《董存瑞》的剧本作者，他和赵寰、丁洪接受了《董存瑞》电影剧本的创作任务。1957 年 4 月，电影《董存瑞》与《白毛女》《钢铁战士》《渡江侦察记》等电影一道被文化部评为 1949—1955 年优秀影片一等奖，成为新中国建立初期拍摄的最优秀的一部影片。

此后，他还参与了《南海长城》《我们是八路军》《女兵》等电影的编剧、导演工作。

主演张勇手小传

　　张勇手，中国著名电影演员、导演。原名张宗瑞，后改名为张永寿，从事电影工作后正式定名为张勇手。在新中国的电影史上，张勇手的名字和他所塑造的人物让观众感到熟悉而亲切，《英雄虎胆》《海鹰》《林海雪原》《奇袭》，作为上世纪五六十年代的银幕军人偶像，他英俊勇武的外形和真诚本色的演出带给千千万万的影迷以心灵的震撼与满足，他的身上有着一种与生俱来的军人气质，其艺术人生的匹配上最浓重的色彩也是军人。

　　张勇手也是一位独具慧眼的伯乐，上世纪 70 年代中期他刚刚转当导演时，曾经起用成都军区战旗歌舞团一名普通文艺兵到八一厂和王心刚一起主演电影《南海长城》，使这个名不见经传的年轻女孩子从此踏上她辉煌的影视道路——她的名字，叫刘晓庆。1984 年，他导演的反映红西路军妇女独立团悲壮征程的电影《祁连山的回声》获得文化部当年度优秀影片二等奖，这个影片的女主角当时还不广为人知，但三年之后，她被调入中央电视台，后来成为著名主持人，她就是倪萍。

张勇手参与的电影

《黑山阻击战》 ……………………… 1957 年

《英雄虎胆》《县委书记》 ……………… 1958 年

《海鹰》《赤峰号》 …………………… 1959 年

《奇袭》《林海雪原》 ………………… 1960 年

《哥俩好》 ……………………………… 1962 年

《分水岭》 ……………………………… 1964 年

《地道战》《打击侵略者》 ……………… 1965 年

《南征北战》 …………………………… 1974 年

《南海风云》 …………………………… 1976 年

《二泉映月》《啊！摇篮》 ……………… 1979 年

《飞行交响乐》 ………………………… 1981 年

《彩色的夜》 …………………………… 1982 年

《祁连山的回声》 ……………………… 1984 年

《沉默的冰山》 ………………………… 1986 年

《海之魂》 ……………………………… 1997 年

《横空出世》 …………………………… 1999 年

《十月流星雨》 ………………………… 2001 年

《惊涛骇浪》 …………………………… 2003 年

《大爱无垠》 …………………………… 2007 年

《寻找成龙》 …………………………… 2009 年

主演刘晓庆小传

　　刘晓庆（1955—），著名演员，重庆涪陵人。她生长于知识分子家庭，自幼爱好音乐。1963年考入四川音乐学院附中，学习扬琴和钢琴，附中毕业后分配到宣汉县农场。1972年被宣汉县宣传队选取中，不久被借调襄渝铁路宣传队演出。年底，成都军区文工团调她演出歌剧《杜鹃山》。1973年被八一电影制片厂选中，担任《南海长城》女主角，从此跃上银幕。以《小花》崭露头角，1975年，刘晓庆第一次"触电"，到了1980年，她已是北京电影制片厂的一位知名电影演员了。她因出演《瞧这一家子》而获得了第三届大众电影百花奖最佳配角奖。1987年，在《芙蓉镇》里，刘晓庆因成功饰演了胡玉音而获第七届中国电影金鸡奖最佳女主角奖。1988年，在《火凤凰》里，刘晓庆获第十一届电影百花奖最佳女演员奖。

　　先后拿过五次百花奖、一次金鸡奖。有人评价说，

1980 年代的中国电影属于"刘晓庆时代"。她曾获得第三届大众电影百花奖最佳女配角奖，第七届中国电影金鸡奖最佳女主角奖，第十届、十一届、十二届大众电影百花奖最佳女演员奖等。

此外，她还出版过三本自传：1983 年出版的《我的路》，1992 年出版的《我这八年》，1995 年的《我的自白录——从电影明星到亿万富姐儿》。

刘晓庆参与的电影

《南海长城》 …………………………………………… 1975 年

《同志，感谢你》 …………………………………… 1976 年

《春歌》 ………………………………………………… 1977 年

《小花》 ………………………………………………… 1978 年

《婚礼》《瞧这一家子》 …………………………… 1979 年

《神秘的大佛》《原野》 …………………………… 1980 年

《潜网》《许茂和他的女儿们》 …………………… 1981 年

《心灵深处》 ………………………………………… 1982 年

《火烧圆明园》《垂帘听政》 ……………………… 1983 年

《北国红豆》《三宝闹深圳》 ……………………… 1984 年

《无情的情人》 ……………………………………… 1985 年

《芙蓉镇》 …………………………………………… 1986 年

《大清炮队》《春桃》 ……………………………… 1987 年

《一代妖后》（又名《西太后》）《红楼梦》（第 1、2 部）

………………………………………………………… 1988 年

《红楼梦》（第 3—6 部） ………………………… 1989 年

《大太监李莲英》 …………………………………… 1990 年

《春花开》 …………………………………………… 2004 年

《37》 ………………………………………………… 2009 年

《让爱回家》 ………………………………………… 2010 年

《杨门女将之军令如山》 …………………………… 2010 年

《大闹天宫 3D》 …………………………………… 2011 年

主演霍德集小传

　　霍德集（1938—），八一电影制片厂演员剧团演员。1938年8月出生，辽宁省沈阳市人。1949年8月参加中国人民解放军战斗剧社少年艺术队，1953年在西南军区文工团话剧队任演员。

　　1954年在话剧《战斗里成长》中扮演赵石头，受到当时话剧界及观众的好评。1955年调广州军区战士话剧团，先后在话剧《保卫和平》《布格河要塞》中扮演了重要角色。在《双婚记》中扮演主要角色江明。1955年下半年初登银幕在《暴风中雄鹰》中扮演红军战士。并先后在影片《狼牙山五壮士》中饰胡福才、《突破乌江》中饰船工黄大发、《带兵的人》中饰牛福山、《激战无名川》中饰老班长王实贵、《南海长城》中饰青年民兵靓仔、《猎字99号》中饰青年工人王海生。近几年来他担任一些电影电视剧的导演工作，曾在《三个失踪的人》《二泉映月》中担任助理导演；在《铁甲008》《破雾》《琵琶魂》《再生之地》《三等国民》等故事片中任副导演。在电视剧《我是海燕》《侠女怨》《溶进大漠里的小河》中任导演，并在电视连续剧《柏油路上的战争》中饰副市长、在《生态求衡录》中饰主角厂长段志强。

　　现为中国电影家协会会员、中国电影表演艺术学会会员。

霍德集参与的电影

《暴风雨中的雄鹰》 ················· 1957 年

《狼牙山五壮士》 ················· 1958 年

《赤峰号》 ················· 1959 年

《突破乌江》 ················· 1961 年

《哥俩好》 ················· 1962 年

《两家人》 ················· 1963 年

《带兵的人》 ················· 1964 年

《激战无名川》 ················· 1974 年

《南海长城》 ················· 1976 年

《猎字"99"》 ················· 1978 年

《三个失踪的人》 ················· 1980 年

《琵琶魂》 ················· 1982 年

《破雾》 ················· 1984 年

《三等国民》 ················· 1987 年

《好男要当兵》 ················· 1992 年

电影背后的故事

1. 刘晓庆纵身一跳成了女主角

1975年初秋，八一厂确定了重拍《南海长城》的计划。10月，《南海长城》摄制组正式成立。初冬，导演李俊到组后，甜女一角由谁出演成了他遇到的第一大难题。他选用演员历来态度鲜明：谁都可以介绍，用不用在导演。而甜女又是《南海长城》的女主角，厂内便有多人推荐演员，其中张勇手的荐举最为有力，他推荐的是成都话剧团的新秀刘晓庆。当初，张勇手为筹拍一部影片把刘晓庆借调来厂，可惜影片未拍成，刘晓庆也陷在厂内。这回推荐，张勇手也有补偿之意。

这些"应试"演员李俊都一一面试，她们各有优点，一时难以确定。这时剧本修改已经告一段落，摄制组即将奔赴外景地选景。时间紧，任务急，李俊干脆将候选者带着下生活，到实地去考察。

12月中旬，《南海长城》摄制组全体人马浩浩荡荡赴海南岛外景地。大队落脚在三亚驻军开办的招待所，主要拍摄场景则确定在附近的海军基地内。按照惯例，摄制组到住地后，由主演王心刚领着演员们深入生活，与当地渔民同吃同住同劳动；而李俊则带着摄影、美工等导演部门人员整日穿梭于青山绿水、海外散岛之间，忙于寻找外景地。为了避免给人以游山逛水的印象，他们满负荷运转，山上山下、田头海边不停地跑，结果导致司机疲劳驾驶。有一天吉普车冲出公路撞在路旁的大树上，李俊当年已是54岁的人了，险些光荣殉职。拍摄用的兵舰停泊在深海区，一天大家乘小艇上了船。舰长一路引导，缓步走上船头。

当时气温达二十四五度，天蓝蓝，海蓝蓝，映衬着绿色的岛屿和大片原始风味十足的白沙滩，大自然的美丽景色令人陶醉。大家正说笑着，突然，一直站在船头的刘晓庆转过身来，直愣愣地发起挑战："你们谁敢往下跳？"

人们纷纷向海里望了望，只见船头离海面高达十三四米，海浪冲击着船首一起一伏，看着都眼晕，哪一个还敢应战？人群里发出一阵嘻笑声："太高了，谁敢跳呀……"

刘晓庆微微一扬脸，说："你们看看吧！"话音未落，她纵身越过护栏，蹭地一下跳入海中。船上的人都惊呆了，唯独李俊眼睛一亮：刹那间，多日来定不下的甜女人选就定刘晓庆了！

2. 迟到的角色

1965 年，第一次拍摄《南海长城》时导演是严寄洲，由于江青的干涉，影片拍拍停停，历经数月，最后终于不了了之。而我们今天能够看到的影片，是 1975 年由李俊和郝光导演重新拍摄的。

1965 年，最初区英才的扮演者是赵汝平，导演严寄洲觉得他朴实的气质很符合角色，但是江青认为他不够漂亮，于是张勇手和王心刚便相继成为扮演区英才的人选。1975 年，王心刚再次出演区英才时已年过四十。体验生活期间，他每天高强度锻炼，加上技术人员在化妆、灯光、摄影上下的功夫，尽可能拉近了他与角色的年龄距离。

霍德集参与了前后两次拍摄，都是饰演靓仔。与王心刚一样，这是一个迟到的角色。1965 年没能演成区英才的赵汝平，在 1975 年的《南海长城》中扮演了江书记。

3. 艰难的拍摄过程

影片摄制也并非一帆风顺。《南海长城》在海南岛拍摄，主要是看中了三亚一带的地形，根据剧情要求。东坞、西坞等位于榆林区域的小孤岛，被选作为剧中主要场地"三杯酒"的外景地。这些海岛孤悬海外，乘快艇都要跑一个多小时。李俊大脑平衡功能较弱，乘快艇在海上飞起来，颠簸起伏，不一会儿就吐得天旋地转，恨不得连黄胆也一并呕出来，上了岛便瘫倒在地，哪里还有精神指挥拍片。李俊知难而退，小岛上的戏叫别人去拍，自己留守后方。

6月底，摄制组完成全部外景拍摄，大队人马拉回北京拍内景。为了这部戏，八一厂真可谓不惜血本，"打伏击"的一场戏在摄影棚中拍摄，为了避免拍仰角镜头时露出棚顶穿帮，美工部门特地搭了一个天片，花了十万元，却只拍了几个镜头，而当时一部影片的普遍成本也不过三、四十万。

4. 主题曲变成了插曲

1976年9月中旬，《南海长城》拍摄完工，紧接着摄制组忙着混录、配乐、做拷贝。这部影片的作曲是傅庚辰，他擅长抒情歌曲的写作，曾在《闪闪的红星》中与李俊有过愉快的合作。这次他根据导演的要求，为影片创作主题歌曲，将毛泽东的语录"招之即来，来之能战，战之能胜"谱好了曲，录好了音。混录前他在录音棚里一放，李俊听了不太舒服。歌曲节奏紧凑，合唱气势雄伟，作为主题歌，把影片主题思想概括地表现了出来。但是，用在影片中却直奔主题，过于直白，缺乏含蓄性，也给影片抹上了概念化的色彩，他不想用了。可是，作曲家已写出了乐曲，付出了劳动……李俊一向很尊重作曲家的意见，他慢慢地与傅庚辰商量："小傅，咱们这首歌还要不要了？影片里已讲清楚了，若还用'招之即来'主题歌不是有点在说主题吗？我的意见不用了，你看呢？"

傅庚辰想想在理，很痛快地答道："不用就不用了吧！"这样，主题歌变成了插曲，只在片首、片尾出字幕时快速闪过。打那儿以后，李俊拍片再也不用主题歌曲。他认定一条：用了主题歌，影片让观众思考的东西就没有了，而主题是要叫人思考的。